Mônica Mendes

de MÃO em MÃO

EDITORAS ASSOCIADAS

Para meu pai, que sempre me deu a mão,
e minha mãe, de quem herdei as mãos.

Mãos

Agora deixa o livro
volta os olhos
para a janela
a cidade
a rua
o chão
O corpo mais próximo
tuas próprias mãos
aí também
se lê

Ana Martins Marques

As mãos

das mãos suaves o cuidado e o zelo
o rearranjo das palavras ditas às cegas

Marcos Siscar

SUMÁRIO

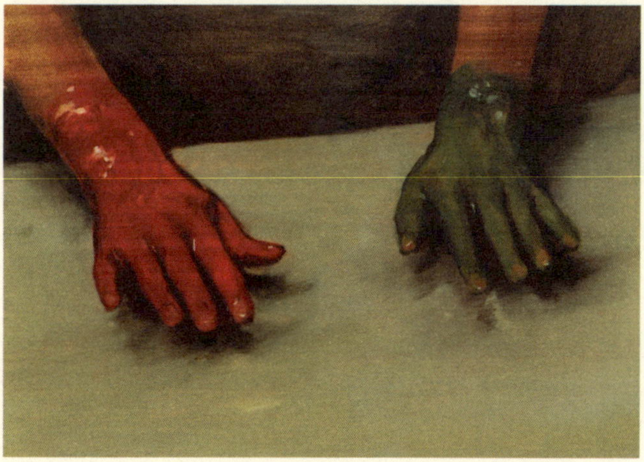

Mão Vermelha, Mão Verde

Michaël Borremans

(Geraardsbergen, Bélgica, 1963)

Óleo sobre tela, 38 cm x 52 cm, 2010

Exposição:
TRA — Edge of Becoming
Palazzo Fortuny, Veneza, 2011

TRA: A passage through an open doorway. A gateway to what lies beyond.
The threshold of thought. The expansion of perception.
The energy within de void. The power of beginnings.
Experience TRA: Edge of Becoming.

TRA: o atravessar de uma porta aberta. Um portal para o que está além.
A soleira do pensamento. A expansão da percepção.
A energia no interior do vácuo. O poder dos começos.
Experiência TRA: o limiar do vir-a-ser.

COMEÇO DE CONVERSA

Bienal de Veneza, 2011

Quase cinco horas de visita aos muitos e enormes pavilhões em mostras de arte contemporânea de vários países. A maioria dos espaços expositivos de Veneza ocupados por obras importantes. Com um misto de alumbramento, espanto e, às vezes, indiferença, observava, estudava, fruía.

Os pés, os ombros e a cabeça exauridos naquela altura dos acontecimentos que se sucediam sem pausa. Peguei o folheto informativo à procura de uma mostra pequena, que limitasse a vastidão na qual estava quase me afogando.

Escolhi a mais próxima de onde me encontrava, pelo título e o texto que capturaram minha atenção: TRA: Edge of becoming. *Tra,* a preposição *entre* em italiano. *The edge of becoming,* prestes a tornar-se, no limiar do vir-a-ser.

Segui as quatro longas quadras até o *Palazzo Fortuny* elucubrando sobre o seu sentido, sua tradução. A bolsa pesando no ombro. O joelho esquerdo capenga, os olhos sobrecarregados, a imaginação navegando pelos canais. Águas densas de verdes, gôndolas e turistas.

Na entrada, um guarda-volumes, um longo banco. Na parede oposta, um único pequeno quadro. *Mão vermelha, mão verde,* obra do artista belga Michaël Borremans. O tempo em suspenso. Fiquei sem chão. Deixei-me ficar ali, naquele banco. A admirar, a ler e a tecer a trama da imagem. A mão direita em vermelho, a mão esquerda em verde. As mãos, quase tocando a tela, já presente e significante em sua materialidade.

Não visitei a exposição naquele dia. Não consegui desgrudar-me daquelas mãos se estendendo às minhas. Carrego comigo o espírito da pequena tela – sopro da criação deste livro-caderno que agora passo de mão em mão.

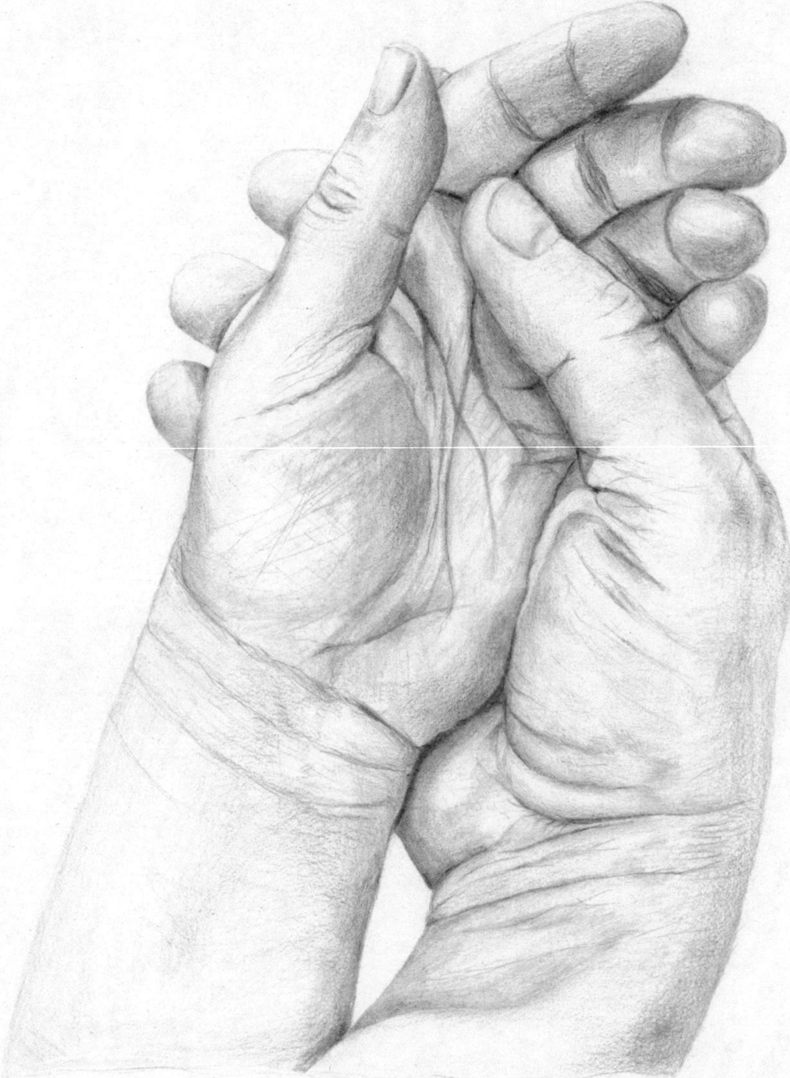

nós

CADERNO I: MÃOS ATADAS

NUNCA MAIS

Na perseverança das horas, ela luta contra sua inquietude. No embate entre a turbulência do corpo e o desejo de aquietar-se. Ficar quieta, bem quieta na trama da escrita, enredando histórias que se erguem diante de seus olhos. Personagens à solta, pedindo um lugar para morar.

Vai devagar, pé ante pé, para não acordar e poder contar, a pontos soltos, o além do que via e acontecia na sala de aula. A quarta e última aula do dia. Os alunos fazendo prova final, a professora de inglês presa entre quatro paredes. Na parede, ao lado do quadro branco, um cartaz com palavras que se tornaram lugar mais que comum à visão de todos os dias. *Não podemos controlar o vento, mas podemos ajustar as velas.*

Levantou-se, deu uma volta, observando os alunos e já prevendo o resultado de cada um. Abriu a porta, precisava de ar. Prendeu o cabelo para refrescar a cabeça. Foi ao bebedouro aplacar a sede de gritar — que cada um aprenda a remar e siga seu rumo! Voltou à sala de aula, pegou a bolsa e saiu.

PERSA

Dia 3 de novembro estava persa. Continua persa, hoje, dia 15 de janeiro. Há mais de dois meses está persa. Persa e pasma. Perdida neste mar sem fim de tralhas que atravancam seu caminho. *Com as pedras que te jogarem construirás o teu castelo.* Catou as pedras que marcaram seu caminho. Dia 5 de março estava menos persa.

Hoje, dia 15 de abril, está espaventada ao retomar o caminho que julgara perdido. A tempestade se anuncia. Está prestes a desabar. Infiltrará o teto, transbordará, invadirá a casa inteira. Com notório saber, declara: as águas vão rolar e salve-se quem souber.

E AGORA
KOH-I-NOOR
mônica me.

QUEBRA-CABEÇA

Acordou de um sono custoso, remoendo sonhos, esmiuçando com o travesseiro os recados que a noite lhe trazia. Um punhado de cenas a quebrar sua cabeça.

Levantou-se, lavou o rosto, a água fria aliviando a testa. Escovou os dentes, olhando-se no espelho. Como gostar do que via? Com muito empenho e disciplina talvez consiga realizar dois ou três de seus mil sonhos.

E então, ao fim do dia, voltar para casa, cansada. Deitar e dormir. Em paz. Na manhã seguinte, poder dizer a si mesma: estou longe de chegar onde quero, mas fiz o que dei conta, apesar do destreino que atou minhas mãos por um bom tempo.

SANGRIA

A quem possa interessar: a enxurrada começou em abril. Para você ter uma ideia, está tudo aqui dentro guardado, entulhado em caixas estufadas, mofadas desde não sei quando. Não cabe nem mais uma gota. Agora sai tudo destrambelhado, em desvario: o destino de uma sangria desatada.

Em maio desisti de vez de editais de prêmios literários. Nunca me inscrevi, mas sempre sonhei. Guardo, no fundo das gavetas, rabiscos, notas, recortes. Textos, contos, poemas, prosas, ideias. Um fantasma avisa: o que você não termina te acompanha pelo resto da vida.

Catei alguma coisa deste murundu. Vou enviar para amigos e afins. Apenas um ou dois me dirão a verdade: valeu a intenção, a ação e o trabalho insano que você dedicou à sua obra. Que é só isso: uma obra que é só sua. O que por ora me basta.

Formigas passeiam sobre minha mesa. Minhas amigas formigas.

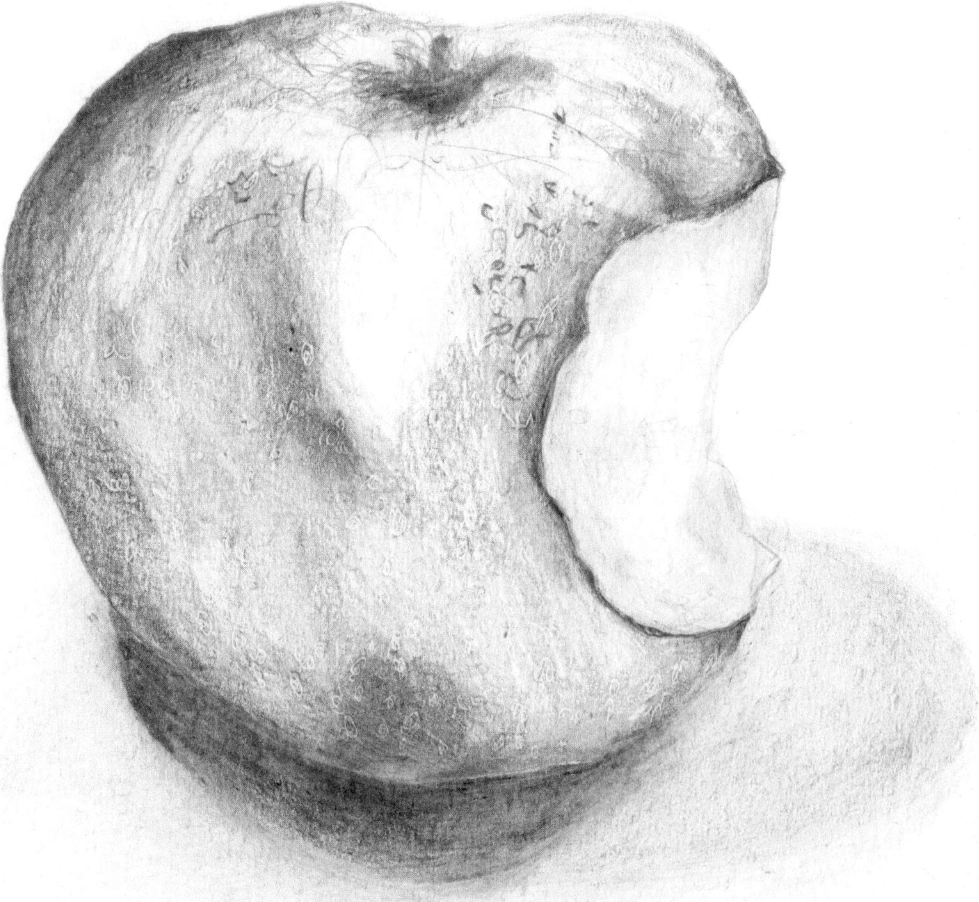

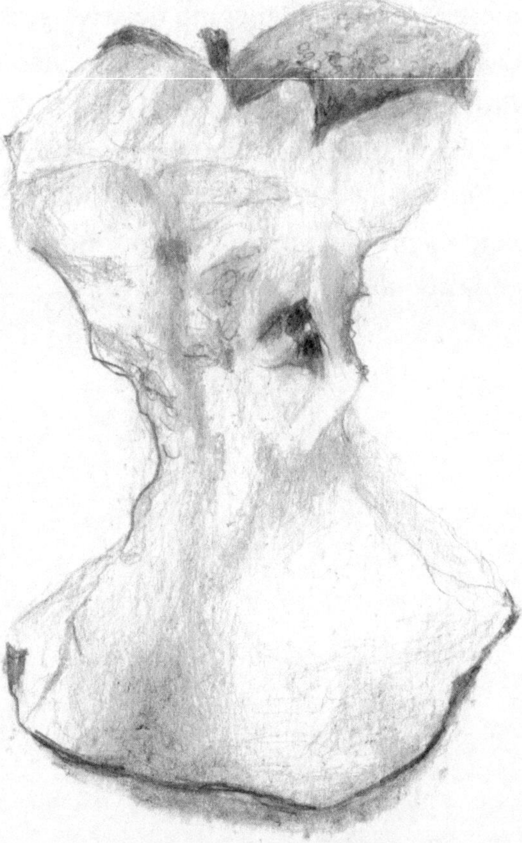

A PROJETISTA

Um bom projeto deve ter uma boa justificativa. Ao buscar uma que bem explique os meus porquês, concluo que este é um projeto à-toa, do quase nada, talvez do menos ainda. Parte de lugar nenhum para chegar não sei onde. Só sei que estarei mais feliz se colocar o pé na estrada que vou descobrindo na medida do meu caminhar. Por pura precisão de viajar, por aqui, por ali e mais além.

A boa expressão das ideias confusas é uma justificativa decente e honesta. Achar o lugar do inesperado e ver no que vai dar. Às vezes dá. Objetivo-me: este projeto tem como objetivo geral confirmar a existência das fantasmagorias. Como objetivo específico, assombrar os incrédulos e incautos.

Em verdade, em verdade vos digo: a importância deste projeto reside na rua Bom Despacho 435, apartamento 1701, Belo Horizonte. Executar este projeto é coisa assim, de viver ou morrer. Quero viver: *pelos ventos e sóis que alumbram o dia.*

TROPEÇO A CADA PASSO NO
DESCONHECIMENTO DAS C OISAS,
EM DESATINOS QUE URGEM EM
FALAR VIA VOZ BEM VIVA.
QUE DESAFINA, ORA ROTA
E GAGA, ORA NO TOM
LOQUAZ, TÃO FLUEN TE DE SI
A SINA DAS LE TRAS
NASCEU CONSI GO E
AINDA NÃO SE
CUMPRIU. PARA SE
DESENHA ELA NÃO
LIVRAR. MAS SOSSÊGO
LHE DÁ TÊNCIA
NUMA INSIS POVOA
SEM PIEDADE MENTOS,
SEUS PENSA SONHOS
HABITA SEUS
POR UMA
diuturnidade
M.N.

RASURAS

No percurso de seu trabalho, foi das mínimas às pífias epifanias. Porém veja, a percepção da essência das coisas é para os sábios e santos.

Minha cara, ouviu-se dizer, você quer fazer-se do que não é. Precisa ver-se grande para camuflar sua pequenez. E sabe o que mais? Autocomiseração tem limite. Você está presa na arapuca que você mesma armou — e mais ainda — com esse falatório não vai chegar a lugar algum. Esta é a pergunta que você deve responder: onde você quer chegar?

Na história perdida, respondeu-se. Reinventar-se à revelia do mundo que insiste em dizer: cale-se.

Criei-me como uma lenda, na fenda das rasuras de uma escrita imaginária.

NINHO

Melhor se guarda o voo de um pássaro do que um pássaro sem voo. Neste voo aprendiz, pouso na memória. Cavuco e fuço. As páginas viradas dariam um livro. Jogo sobre elas o manto do esquecimento. Para não viver da sobra do passado, na sombra do que poderia ter sido. Fico com o que hoje posso acrescentar à paisagem que vislumbro na linha da copa das árvores à minha frente, na janela onde estou.

E vou, e voo. Enquanto espero meus filhos para jantar.

URGÊNCIA

Ele a escutava, paciente como sempre: devaneios, ideias soltas, planos mirabolantes. De repente interrompeu a ladainha de sua mulher: — Nada para você urge! disse com a voz de quem está por um fio.

Ela calou-se. Com a mão direita encobriu a boca para se proteger da força da verdade dita assim, na mesa do bar, no início da noite, apenas um chope. Derramou a tulipa diante da impossibilidade de viver ao sabor dos sonhos. Pediu mais uma na esperança que alguma palavra se articulasse na garganta áspera.

Não houve escapatória: caiu em si, sem argumentos possíveis. — Nada para mim urge — até ali julgara ter todo o tempo do mundo. De repente, a ficha caiu. Sim, a vida demanda urgência. Engoliu, com a ajuda do terceiro chope, suas justificativas - histórias pra boi dormir.

MEIA VERDADE

Você fala de coisas que só interessam a você, e que você mesma tem dificuldade de entender. Solte a língua, procure quem te dê ouvidos. Para bom entendedor, meia palavra basta. Não basta.

O bom entendedor gosta é de palavras inteiras e de meias verdades.

RDIDA

QUERIDO AMIGO,

Somente se conseguir entregar-me à luz de absolutas estrelas conseguirei terminar esta história.

A visão está turva e embaralhada. Peço-lhe desculpas por não conseguir dar forma ao turbilhão de pensamentos que me assolam. Desculpe-me tantas arestas, pois ásperas são as histórias de não saber contar. Ainda assim, sigo navegando. Por entre espectros de tantos delírios.

Sua voz calma chega aos meus ouvidos, como se estivéssemos frente a frente. Você a dizer: não tente mudar a índole de um turbilhão. Continue à espera. Esteja certa, tudo passa. Tudo muda com o passar das horas.

RESPOSTA

Recebi sua resposta há exatamente um mês. Devo-lhe uma longa conversa. Conversa que adio por temê-la. Por vergonha, por embaraço.

Quero desembaraçar-me, explicar-me diante dos seus olhos sinceros e bons. Tentei, mas não consegui chegar onde queria. Mudei de rumo, passei a seguir as linhas da mão esquerda.

No desenho sou mais feliz.

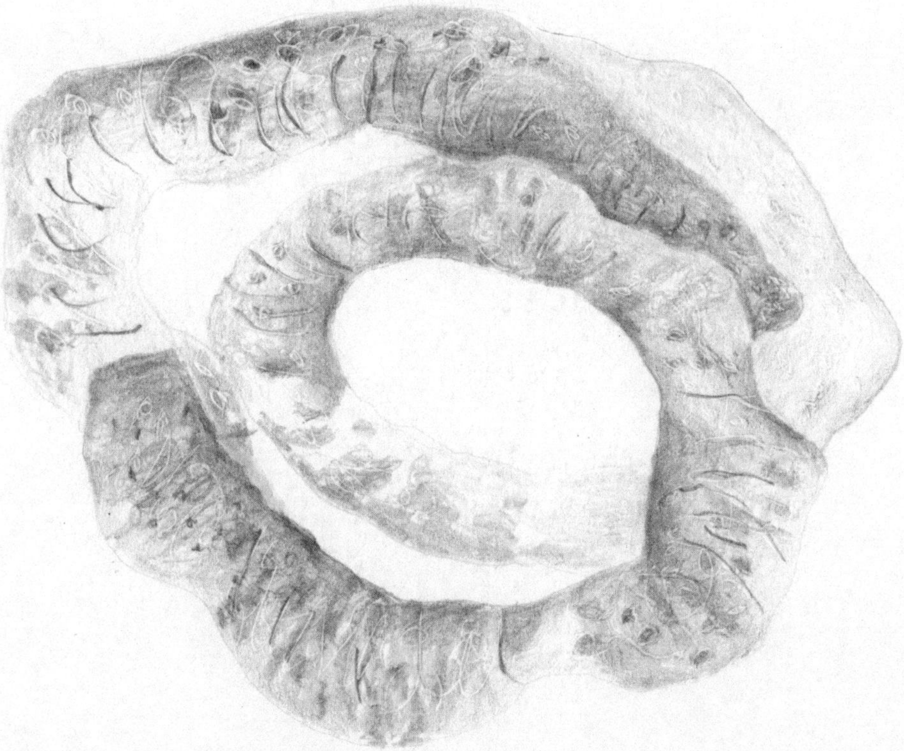

POR QUEM OS SINOS DOBRAM

Anotei suas palavras durante a palestra, tomei posse do que você disse. Sei, foi para mim que você disse aquelas verdades. Conhecendo-me há tanto tempo, você sabe a força das palavras ditas em alto e bom som. São como sinos revirando o bronze, chamando para a missa.

Aí está, querido, algo que eu conheço e você não: a linguagem dos sinos que aprendi na infância e que ainda escuto e obedeço. É como se esse saber me concedesse um trunfo: os sinos tocam por mim.

ARTICULAÇÃO

Sei coisas que você nem imagina. Coisas que nunca aconteceram, mas que sempre existiram. Não me faltam ideias, invencionices e histórias deveras vividas. Mas não possuo a sua voz fluida e articulada, a sua escrita exemplar. Me viro com o que tenho. O que não tenho, peço emprestado. A você, dentre outros. *O que o movia era um desejo pelo qual seria amado e se amaria, mas rabiscando no papel ele percebeu que fracassara, então pegou as duas folhas de caderno, rasgou-as em pedacinhos e jogou-as pela janela...Sílabas, letras e palavras partidas misturando-se ao lixo na rua, vocábulos que ninguém lê e, no entanto, escritos.*

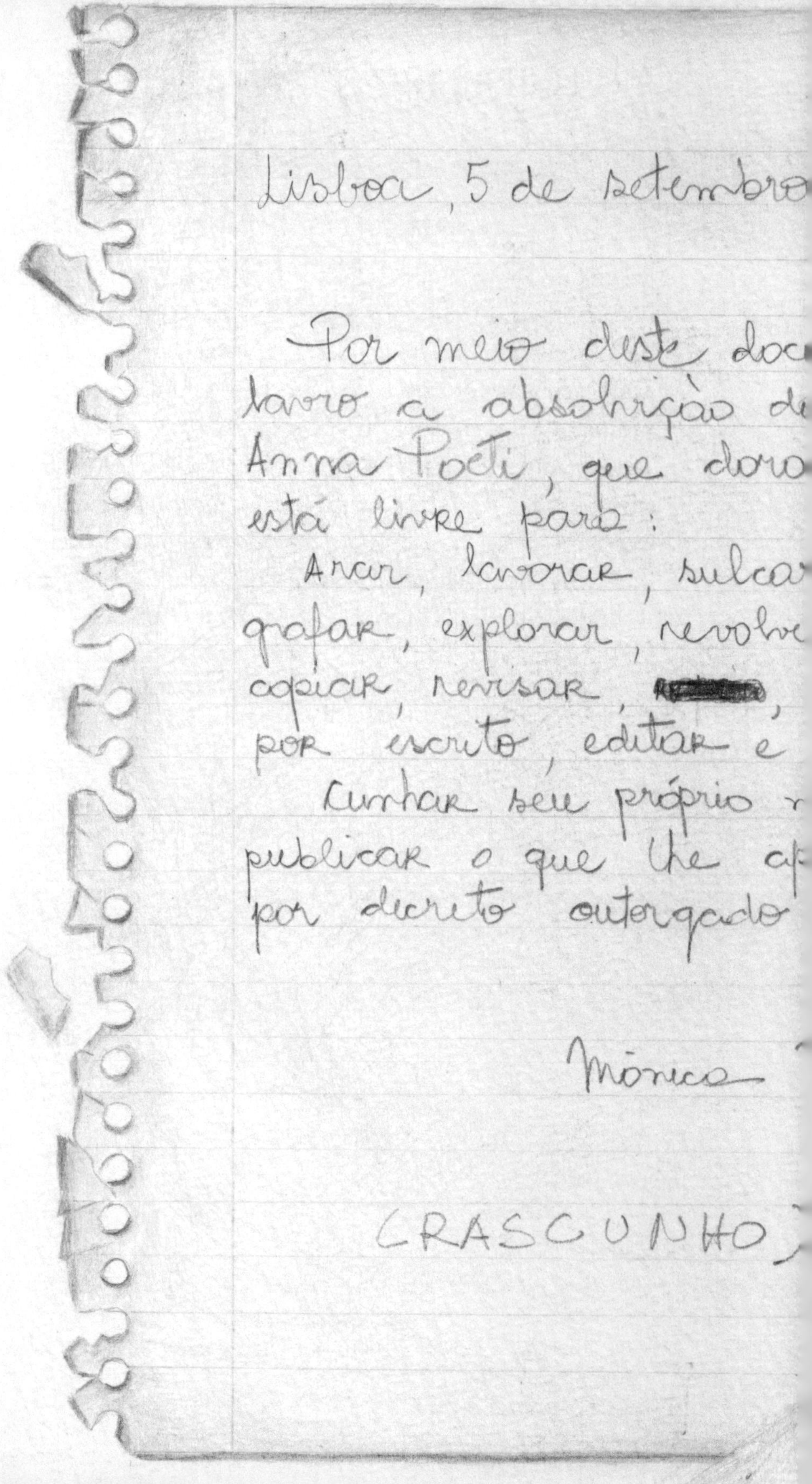
Lisboa, 5 de setembro
Por meio deste doc
lavro a absolvição d
Anna Poeti, que doro
está livre para:
Arar, lavorar, sulcar
grafar, explorar, revolve
copiar, revisar, ,
por escrito, editar e
cunhar seu próprio
publicar o que lhe a
por decreto outorgado
Mônica
CRASCUNHO

956
ento
ré,
te
rever,
recortar
enar
pagar.
ver,
mim.
rdes

Mônica Mendes
SULCO
na
MAÇÃ
entrefolhas

CADERNO II: ANA

ANA NA VINDIMA

Há sempre um copo de mar para um homem navegar. No copo d'água que bebia, Ana inventou seu mar. Seguiu na sua nau rumo às duras penas, até aprender a navegar. Carregou consigo o quadrante de seu bisavô pescador, alguma poesia e sacos de biscoito de polvilho.

Enquanto escrevia, comia sem parar e elaborava o desenho de seu porvir. As letras em atrito com o teclado esfarelado, as imagens soltas demandando a letra F, que se arranhava sem aparecer na tela. Ana levantou-se para buscar álcool e um pano — depois faça o mesmo com o texto, limpe os restos e farelos, pensou ao dedicar-se cuidadosamente à limpeza das letras. Pronto. Tudo limpo, e agora? — perguntou-se ao voltar ao teclado.

Seus olhos circulavam pelos livros esparramados na mesa de trabalho. Tentava organizar tantas referências. De soslaio leu na Bíblia entreaberta: *O objetivo do autor.* Eclesiastes 16. De forma laica e prosaica achou o seu começo. Mesmo desejando ser cética, acreditou no recado: *Encher a tina como o vindimador que por último despertou.*

Determinou-se foco e disciplina. Mas perdeu-se diante da imagem refletida no vidro da janela. É Ana, a mulher que via e que a mirava. Ana Terra, Ana Bolena, Ana Cristina César, Ana Botafogo, Ana Karenina, Sant'Ana, Otaciana, Ana Marques, Ana Machado, Ana Miranda, Ana Clara, Ana Morena, Adriana.

Meses se passaram até que ela encontrasse o seu recomeço.

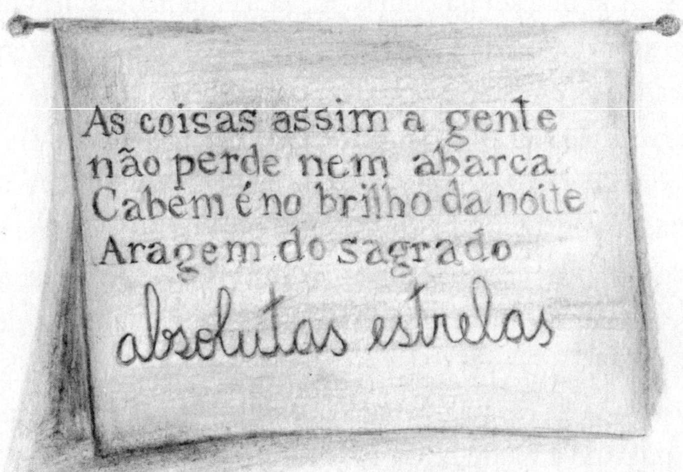
As coisas assim a gente
não perde nem abarca
Cabem é no brilho da noite
Aragem do sagrado
absolutas estrelas

ANA NA LAVRA

Ana e seus sonhos fantásticos. Ela sonha todos os dias. Às vezes anota a enxurrada de imagens para se entender melhor. Procrastina o que pode e o que não pode para escapar de si. Fracassou. Não tem jeito. Esta que vejo refletida é Ana, minha velha conhecida. Eu tenho os meus achados. Ela tem os seus perdidos.

Vive nas entrelinhas. Por entre as linhas que se embolam. Inventou tanta coisa que não distingue o preto do branco se não tomar distância de si. Ana que sonha demais, devaneia demais, sofre demais. Demais. Um excesso. Precisa perder esse peso, esse volume. Fazer exercício. Escrever, escrever, escrever. Escrever para ser.

O que você não faz te acompanha até o fim, advertiram-lhe. Mas Ana é desadequada. O pouco que faz, parece estranho, de cabeça para baixo. Inacabado, desajeitado, torto. Tenta consertar-se, concentrar-se. Faz malabarismos. Atua no palco dos inseguros, sempre à espera de aplausos. Deixa cair as claves. Ainda não aprendeu que é nos desvios que as coisas acontecem.

Está cansada de carregar o peso do que não fez. Tem saudade do tempo que ainda não passou. Ai de mim se não fosse você, Ana. Diante de você não há farsa possível.

Que conversa sem pé nem cabeça! É chegada a hora, o dia já vem raiando, meu bem: chispa, vaza, cai fora, salta de banda. Pega na pá: há uma lavra à sua espera.

ANA E AS FORMIGAS

Formigas desenham linhas mais que perfeitas sobre a mesa. Na quina da parede do velho barracão de fundos, um formigueiro. Ana segue as formigas. Admira a perfeita ordem de suas vidas. Cada casta em sua tarefa, garantindo a sobrevivência da espécie. As formigas penetram seus olhos.

Não consegue escrever uma só linha. As formigas continuam zanzando em seu contínuo labor. Ana não resiste, precisa matar as formigas. Precisa comprar inseticida. Vai ao mercado da esquina. No trajeto, mergulha no azul absoluto do céu de maio em Belo Horizonte. O barulho irritante de uma britadeira a traz de volta. A vida daquele pobre homem britador se encena em um só ato. Logo virá a moça manca que se arrasta até a farmácia, coitada, não conhece o amor. Um cachorro sem dono quase morre atropelado. Chega à esquina e pergunta-se: O que vim fazer aqui? As formigas continuam zanzando.

A moça do caixa não lhe responde ao bom dia, dá-lhe o troco sem levantar os olhos. Ela levanta às 4h30, pega dois ônibus para chegar ao serviço às 6h. Entrega-lhe R$ 9,30 sem levantar os olhos. Ana agradece e repete com ênfase, tenha um bom dia. Tomara que sábado ela vá para a balada e encontre um moço cheiroso.

Com o inseticida em punho, volta ao barracão. Supunha, a troco de não sei o quê, que havia nascido para o graúdo. Ledo engano. Mal e mal dá conta do mirrado dos dias. Mas insiste. Dá passos maiores que as pernas, tropeça, pensa o grande e cata o pequeno. Chega tarde. Antes do que nunca, entretanto.

Aguardem. Ela está a caminho.

mão
leve
130

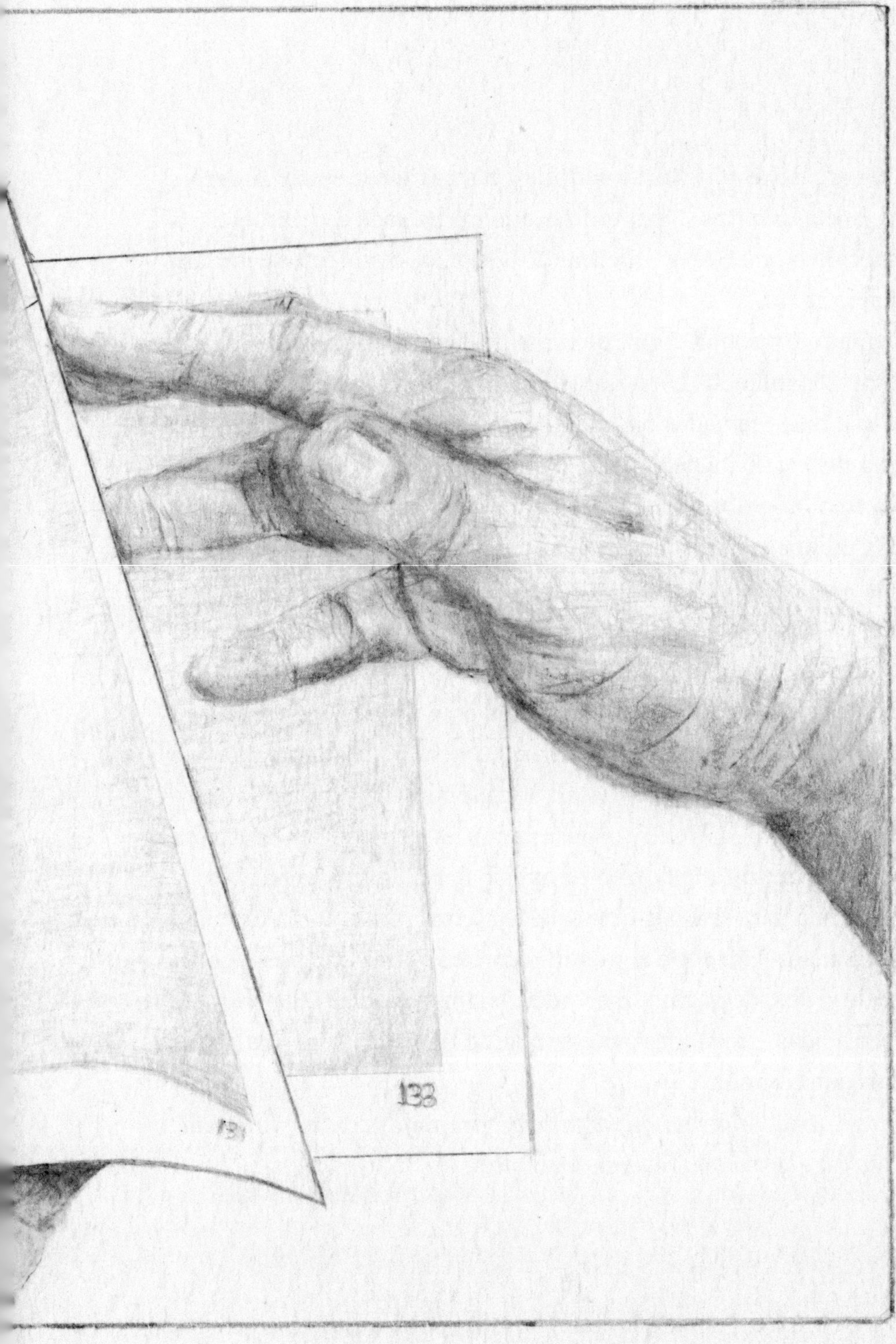
133

ANA E O PÉ DE CAQUI

Ana está diante da tela há horas perdidas, navegando a esmo. À deriva de muitas janelas abertas. Nem tudo o que cai na rede é peixe, e ela já havia esquecido o que estava procurando. Os olhos sonolentos acordam com a palavra caqui.

O cheiro e o sabor caqui, o vermelho-laranja-caqui. O pé de caqui no quintal da infância. Uma saudade sem peso sobejou na memória. Enxergou sua mãe, que adorava caqui, como se ela estivesse ali, ao seu lado. Sentiu no vívido da pele a mão da mãe.

Abriu o blog dos Caquis Caídos, de uma autora que conhecera em um dos muitos eventos literários que frequentava. Bateu um desejo forte, de sabor único, que só a palavra bem escrita fornece. Os livros, abrigo para os dias foscos, palco para o brilho de palavras, sempre lhe indicaram um caminho.

Desde menina, Ana teve nos livros o seu porto-seguro, o seu ninho. Aos 17 anos mandou tatuar em seu braço esquerdo palavras de Rosa. Como uma pulseira que lhe diz a cada movimento: ainda mais forte sutil do que o pedido do corpo, era aquela saudade sem peso, na certeza de achar um direito bonito no avesso das coisas mais feias.

Ana toma para si as histórias que lê. Reinventa-as com o trato de suas próprias mãos. Um corte aqui, um recorte ali. Uma cópia, um colar. Apossa-se de grifos, de páginas marcadas, na imagem contínua que tece com as linhas lidas. Lavra, deslavra, enquanto dança ao som dos textos e pré-textos que compõe.

Quem seria Ana sem o que falseia para todos e para si mesma? Pois a ficção é o que ela tem de mais legítimo.

mão

mão

mão

mãe

mão

ANA CRISTINA

Saiu cedo, foi a pé até a rua da Bahia. Bela caminhada até o edifício Maleta. Um mundo transita por ali. Prédio antigo, vários blocos de residências, escritórios, consultórios e uma infinidade de pequenos negócios. Sebos ocupam parte do segundo andar. Ana à procura de outra Ana.

Procurava um exemplar da edição esgotada de *A teus pés*. Perambulou por vários sebos. Um cheiro bom de café fresco a guiou até o *Estante Real*. Seguiu seu faro. Um senhor, alto e muito magro, coava café em uma pequena cafeteira. Os cabelos brancos, a camisa surrada, mas bem passada, as prateleiras em ordem. Entrou na loja. —Posso ajudá-la?, o livreiro, atento, logo perguntou. Ofereceu-lhe um cafezinho, que Ana recusou. Nos outros sebos em que entrou, os funcionários mal notaram a sua presença. —Estou só olhando, disse. —Fique à vontade, respondeu o alfarrabista retomando seu café.

Ana corria os olhos pelas estantes classificadas por gêneros. Examinou a de poesia de baixo para cima, de cima para baixo. Poetas que mesmo desconhecidos lhe eram todos primos. *Todos os poetas quiseram ir longe. E foram. Há também os que desapareceram com o tempo, os que permanecem imóveis nas prateleiras das bibliotecas e dos alfarrábios. Ou nem isso.*

A única pilha de livros no chão chamou sua atenção. No topo, *A teus pés, Ana Cristina César*, da coleção prosa/poesia, editora Brasiliense, 1982. A seus pés, *A teus pés*. Um espectro redentor fez Ana estremecer ao imaginar-se no Rio de Janeiro nos anos 70. A baía de Guanabara na vadiagem da sua cabeça.

Uma tosse pigarrenta a trouxe de volta. O alfarrabista acabara o seu café e, fumando o seu cigarro, veio em sua direção. —Você está procurando alguma coisa especial? —Especialíssima, mas já encontrei, respondeu ao lhe entregar o livro fino, de capa laranja com bordas rosa e o título em letras brancas. Queria entabular conversa com aquele homem de voz rouca, que também vivia de livros. Ele lhe indicou, com visível orgulho, exemplares raros. Renderia uma boa prosa, mas o tempo sempre urge.

VACILO DA VOCAÇÃO

Precisaria trabalhar ———
— aprender ——— como
você ——— saudades loucas —

Nesta arte ——— ininterrupta
——————— de pintar —

CADERNO III: POEMIA

POEMA

Mônica Mendes

entrefolhas

DEUS-DARÁ

Deus deu
desdeu os nós
separou os fios
agora posso tramar

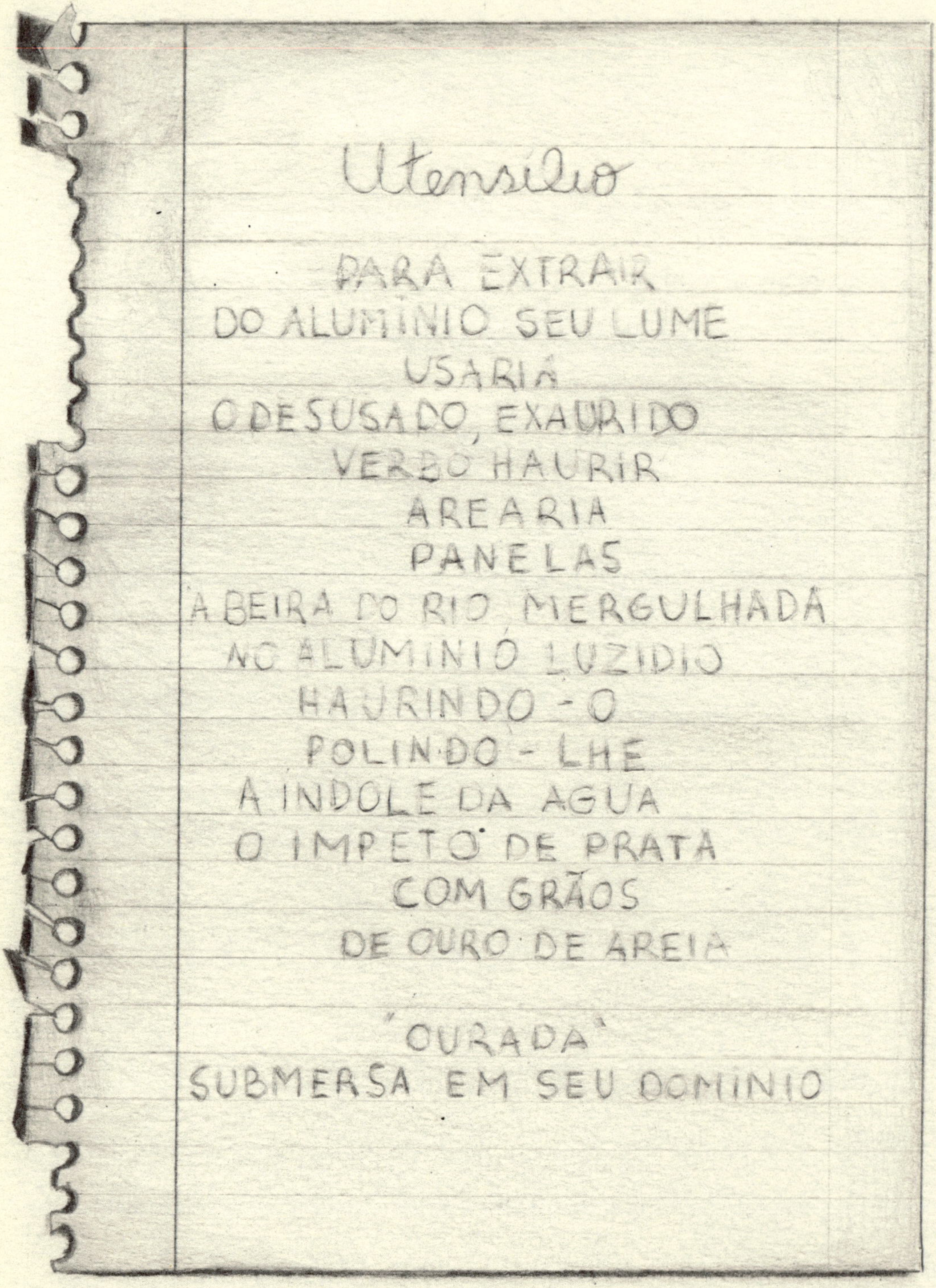

Utensílio
PARA EXTRAIR
DO ALUMINIO SEU LUME
USARIA
O DESUSADO, EXAURIDO
VERBO HAURIR
AREARIA
PANELAS
A BEIRA DO RIO MERGULHADA
NO ALUMINIO LUZIDIO
HAURINDO-O
POLINDO-LHE
A INDOLE DA AGUA
O IMPETO DE PRATA
COM GRÃOS
DE OURO DE AREIA
"OURADA"
SUBMERSA EM SEU DOMINIO

PEDRAS

Estou no garimpo
à procura de pedras
impuras.

Trabalho no lapidário
do meu vivido glossário

RECÔNDITO

Colecionador de palavras em desuso
caminha beco adentro
até o fundo do quintal

nos arredores
terreno vadio

boquiaberto
vislumbra
no vão
o desvão cheio de trastes
moribundos

ALHURES

Há palavras que gosto muito,
átimo
soslaio
laivo
lascívia

se por um átimo de segundo
capturo um raio de sol
laivos de sorriso manso
surge em furta-cor
alhures e
onde a lascívia escolheu morar

ALDRABA

Mão de ferro
na soleira da porta

no limiar do poente
olhos miram a aldraba
porta entreaberta ao espanto da noite

CAMPÂNULA

Semente mente mente
Falácia falésia
Farsante falange falante
Falcatrua

Semente mente mente
Falo facão
Fato fátuo
Febril

Semente mente mente
Semente mente mente

Somente

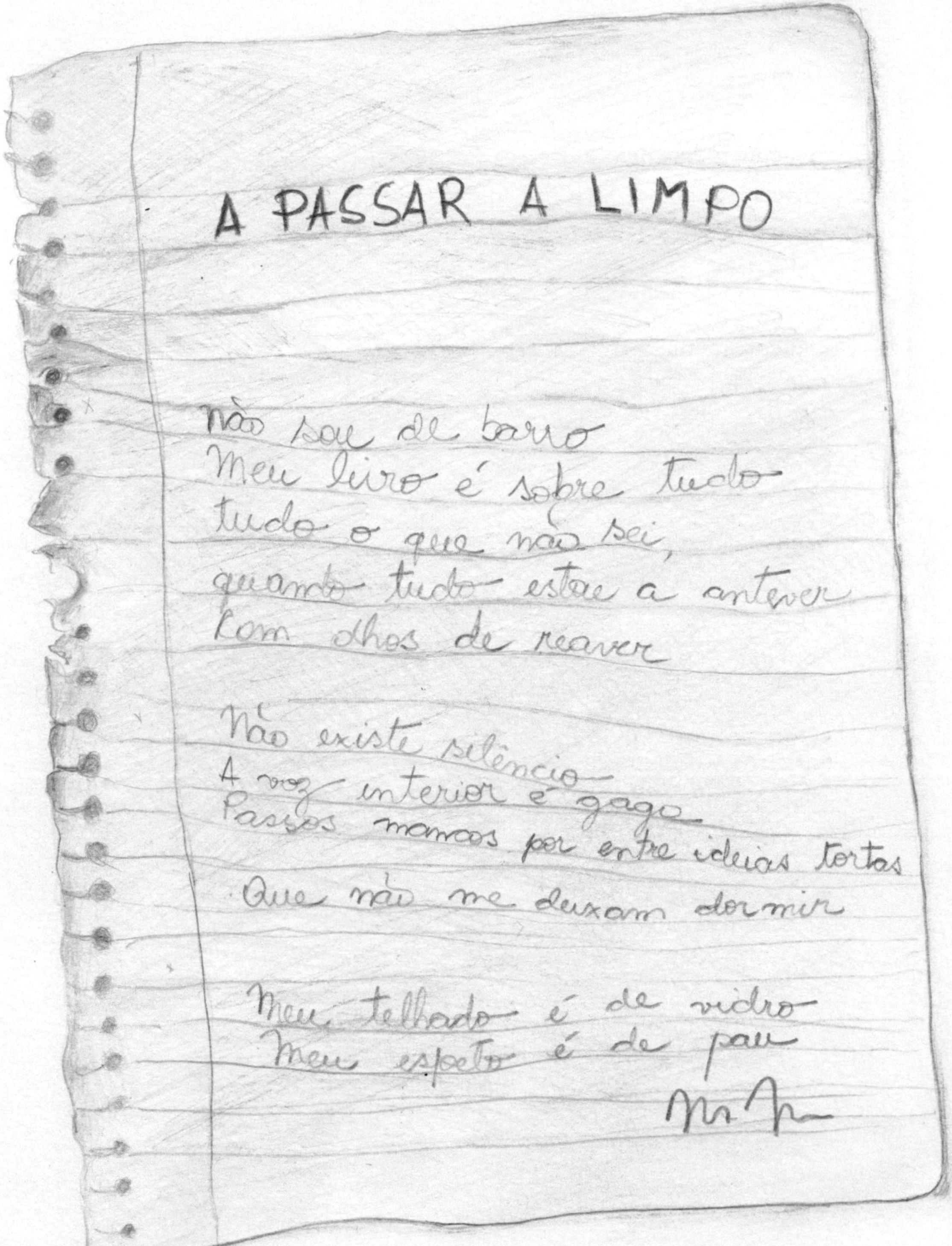
A PASSAR A LIMPO
Não sou de barro
Meu livro é sobre tudo
tudo o que não sei,
quando tudo estou a antever
com olhos de reaver
Não existe silêncio
A voz interior é gago
Passos mancos por entre ideias tortas
Que não me deixam dormir
Meu telhado é de vidro
Meu espeto é de pau

FIANDEIRA

Rompeu o liame
fiandeira em fiança de si
livre dos finos tratos
enfim só com seus fiapos

Com fontes fiáveis
teceu o seu viver

RISCADO

turba
algaravia
turbilhão
vozerio em desatino

rabisco
rasura
ranhura
lápis sobre papel

fricção
limalhas
fixação

ficção
põe ordem
na grande balbúrdia

LIA TODO DIA

O que atiça a escrita?
Os livros que Lia leu
e não esqueceu?
A palavra bendita
outrora inaudita
que se põe a falar?

Engendrar o que vem de longe
articular ideias soltas
pontos com nós
a formar um bom pretexto
para continuar.

Mônica Mendes
QUADRANTE
entrefolhas

A MULA

Respondo-lhe em versos
perversos
que insistem em atazanar
no incessante movimento
de brancas nuvens

o ar se arrefece
na justa medida do seu passar:
o tempo, o vento

trazem o desejo
de permanecer aqui neste lugar
da escrita chula como uma mula
que conduz ao lento, relento, relendo.

Grifando cada passo
o ritmo de seu andar.

PASSAGEM

passaredo
passarim
passa assim
de leve, devagar, de mansim
um risco corisco no ar
a desenhar a mão livre
levando a vida
pra outro lugar

PÓ

partitura
partido
em sóis
em ventos
em pó menor

partitura
partido
em sóis
menores
que pó

partitura
partido
em sol em lá
em vento em si
e só

partitura
partido
pedra
pequeno
poema

PÓ

CURVA

Vide o verso
no reverso
do universo
diverso
na linha curva
o desenho
In verso

VER-TE

observar
observar
absorver
sorver
ver
verde
verdade

SILÊNCIO

Ao longe a cadência
do fogo-apagou
fogopagô-fogopagô

Lá no fundo, chiado
panela de pressão
cozinhando feijão

Mozart piano sonata
andante logo ali

Aqui na frente
silêncio de uma manhã fértil
e sem retorno

RIMA POBRE
em
CORES VIVAS

PALAVRA AZUL

nem céu

nem mar

PALAVRA VERDE

nem planta

nem plantar

PALAVRA VERMELHA

nem sangue

nem sangrar

PALAVRA PRETA

nem luto

nem lutar

PALAVRA BRANCA

singular

singrar

RAIZ

tranca
tranqueira
afasta
vai
arranca e
cava

até achar
o riso-raiz
desenraizadamente
contente

LIBERDADE

Esmoer, remoer, ruminar,
o esmo, o aleatório, o fortuito.
Por acaso,
por coincidência,
só por demência.

Os olhos, o pé.
A voz, a mão.
A escolha é a dedo,
vinda do fundo da mina,
das inconfidências gerais.

Liberdade,
ainda que tardia.

TREM DE DOIDO

é assim: o que vai, vem
o que vem, vai
vaivém

ao bater nas parcas horas
nos lástimos minutos
em que tudo acontece,
tece,
tece,
as poucas linhas
no correr da lágrima
vem, vem, vem:

amarga ilusão e
doce verdade
de saber que
o que vai,
vem
o que vem,
vai
vaivém

Numa tarde de sábado
volta mais
não.

Mônica Mendes

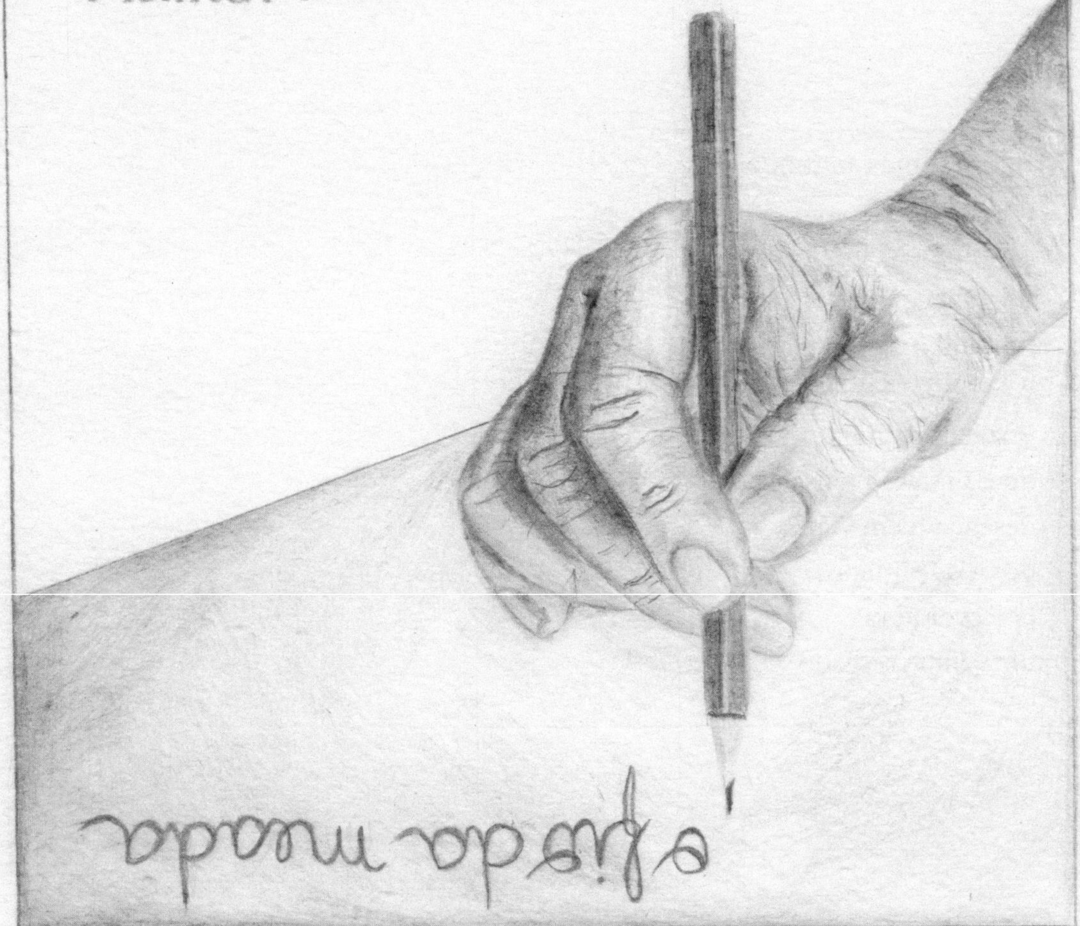

CONTOS

entrefolhas

TAMBORILAR

Agora vamos ao fundo
do profundo
ao mundo oriundo
do meu coração vagabundo
mergulho

imagens da noite,
densa intensa tensa
deságuam em vigília
dos dias pintados
letra por letra
um samba rasgado

TINTA

o pintor que só pinta títulos:
Paisagens Imaginantes
espraiam-se sobre montanhas
ondas sobre ondas
vela inflada flutua
sobremaravilha

RUMO CERTO

O quadrante indica 45 graus a sudoeste:
trilha de São Tomé das Letras
caminho descalça
o chão sob meus pés
inscreve o nome das cores
amarelo-pele
azul-ultramar
vermelho-da-china

Prossigo no caminho amigo
do preto no branco
Sei onde quero chegar.

Sulco na Maçã

PALAVRAMA
PALAVRADA
PALAVRÓRIO
VOZERIO EM DESATINO
A LAVRA NA PÁ —
ARAGEM
NA PONTA DA LÍNGUA
CORAGEM

AS RANHURAS
AS RASURAS
AS TEXTURAS
O RISCO DE RISCAR
O SULCO
A LINGUAGEM

Mônica Mendes
09/2013

CADERNO IV: EM MÃOS

INVENTÁRIO DE MÃOS

À mão
A mão livre
À mão livre
Aperto de mão
A quatro mãos
Abrir mão
Aguentar a mão
A faca e o queijo na mão
A mão naquilo, aquilo na mão
Cair em mãos erradas
Com a bola na mão
Com a mão coçando
Com a mão na massa
Com a palavra na mão
Com o coração na mão
Com uma mão na frente, outra atrás
Com uma mão por baixo, outra por cima
Dar a mão
Mão-francesa
Mão-inglesa
Dar a mão à palmatória
Dar uma mãozinha
De mão beijada
De mão em mão
De mãos abanando
Demão
Em boas mãos
Em mãos

Em primeira mão
Estender a mão
Feito a mão
Feito à mão
Ficar na mão
Fora de mão
Forçar a mão
Lançar mão de
Largar mão de
Lavar as mãos
Levantar as mãos para o céu
Meter a mão na cumbuca
Passar a mão na cabeça
Pôr a mão na consciência
Manual
Maneiro
Manejar
Manicure
Manietar
Manipular
Manobrar
Manuscrito
Manusear
Mão de obra
Mão na massa
Mão na roda
Mão-aberta
Mão-boba
Mão de fada
Mão de ferro
Mão de obra
Mão de vaca
Mão dupla

Mão-fechada
Mão firme
Mão-furada
Mão-leve
Mãos à obra
Mãos atadas
Mãos dadas
Mãos postas
Mão única
Molhar a mão
Molhar a mão de
Nas mãos de Deus
Nas suas mãos
Pedir a mão de
Perder a mão
Pôr a mão no fogo por
Tomar a vida nas próprias mãos
Trocar os pés pelas mãos
Uma mão lava a outra
Mão que afaga é a mesma que apedreja
Fazer com as mãos e desmanchar com os pés
Mais vale um pássaro na mão do que dois voando
Não saiba a mão direita o que faz a esquerda
Mãos de mestre não sujam a ferramenta

TRECHO

EM

OBRA

CADERNO V: COM A PALAVRA NA MÃO

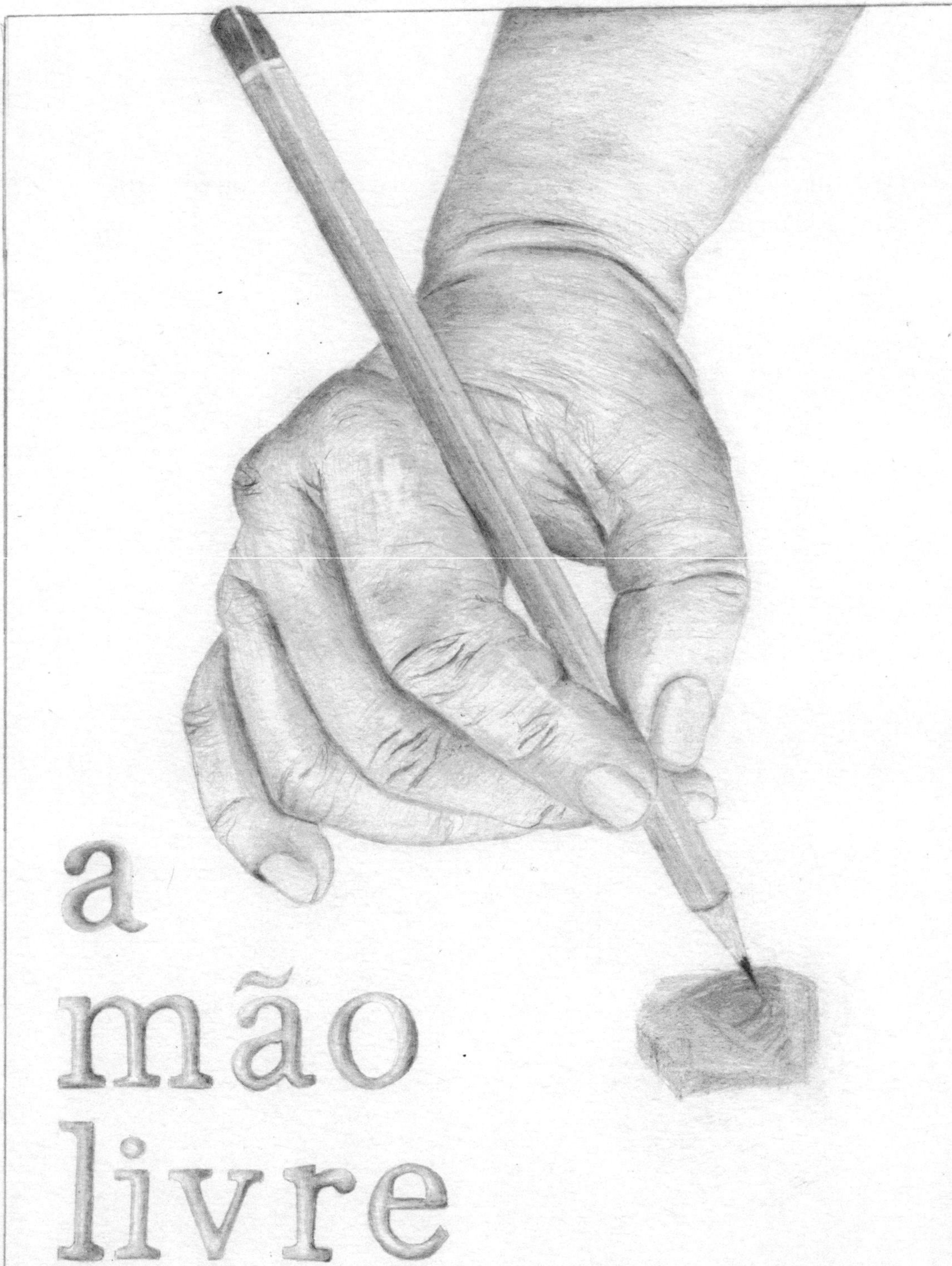
a
mão
livre

PALAVRA PEDRA

Das cordas vocais para a ponta da língua, a palavra despencou em vertigem. Caiu na palma da mão. Virou pedra.

ÁLIBI

O que você está fazendo desde que largou seu antigo ofício, perguntavam-lhe. Ela lançava mão da resposta que tinha sempre pronta: estou escrevendo um livro. *Inventar histórias é o consolo dos perplexos e indecisos.*

DESMEDIDA

Esfregava as mãos com o contentamento dos que levam a escrita à página cem. Sem pudor, sem vergonha. Cem histórias a contar.

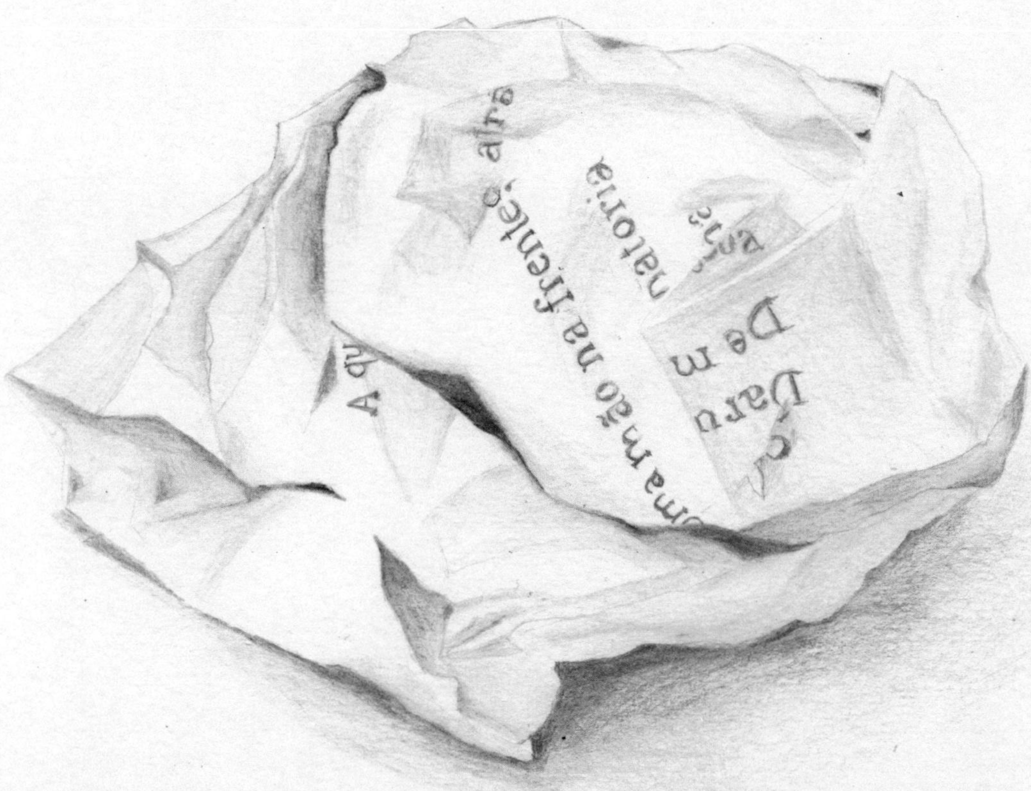

ENTRELIVROS

O tempo se perfaz nas lombadas de seus livros de cabeceira. De tão lidos guardam impressas no dorso as marcas das mãos ávidas de quem com eles sonhou.

LIDA

Os livros que você lê, o espelho em que você se vê, a inversão do jogo que torna o escritor - o seu leitor. A precisão de dizer não sei o quê. O que incita a escrita? O homem alto, muito magro, que fala sozinho, aquele da loja de aviamentos que se chama Toninho? A força das imagens demanda palavras que deem nome aos bois. Exercitar, exercer, escrever, reescrever. Ficar ágil para a lida dos dias. Basta o lápis e o papel na mão e fazer o que é de seu querer. Depois da longa caminhada, lavar as mãos, o rosto, ir para a cama e dormir. O sono dos justos.

53

MALEMOLÊNCIA

Leitora desde sempre, tinha mão para escrita. Trilhou um bom trecho da vida e largou as letras. Descobriu no manuseio das cores a paixão pela pintura, a força do desenho. Mas a malemolência de sua alma não deixou de ouvir a voz que desde sempre lhe assoprou mistérios. Então ficou assim: ora lê, ora pinta, ora escreve, ora desenha. Sempre ora. Ora, ora e labora.

FIOS

Forçou a mão. Abriu a terceira gaveta. Enfim encontrou, bem lá no fundo, as pérolas soltas que julgara perdidas. Pegou-as, hesitante, sem saber o que fazer. Na undécima hora, lampejos separaram o joio do trigo. Com a sorte dos iniciantes e a inépcia dos amadores, enfiou-as com cuidado, uma a uma, em textos que se tornaram o pretexto de seu viver.

MÃO-LEVE

Leio tanto que, no emaranhado da memória, já não sei mais o que é meu, o que é seu. Quem disse o quê. Não importa. Somos todos fantasmas.

EITO

No eito incerto da vida, no andar certeiro do tempo, chegou à encruzilhada. No cômpito da escolha, passou a mão em sua própria cabeça e virou à esquerda. Chegou ao seu destino.

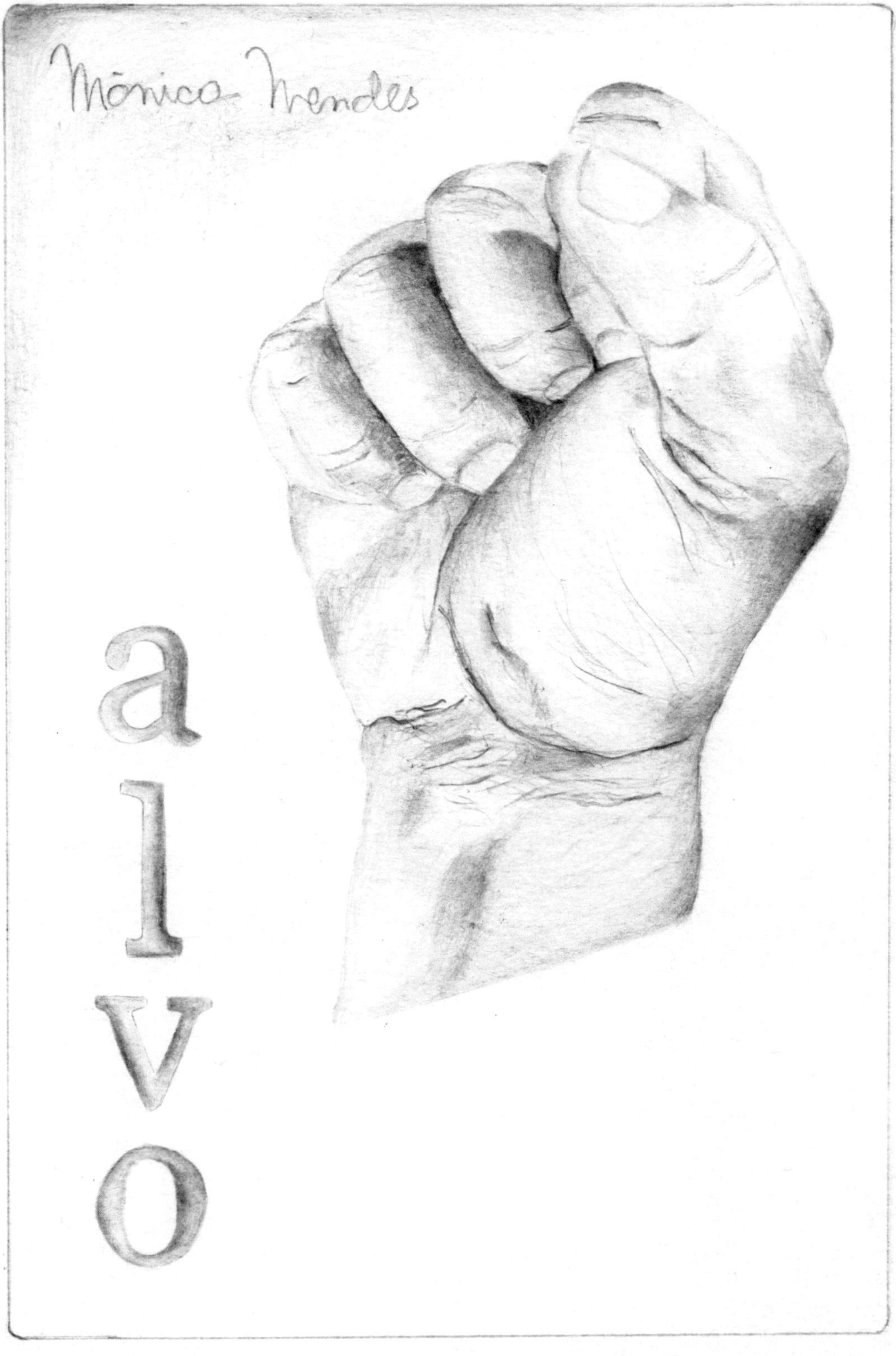
Mônica Mendes
alvo

RESGATE

Nada vem de mão beijada. Perdi coisas preciosas que ainda lembro e outras tantas que já esqueci. Pago até hoje o preço do meu resgate. Com boa vontade: quero-me. Seja lá quem eu for.

SÃ

Deu a mão à palmatória. Expôs-se. O perigo configurou-se. Tropeçou. Caiu. Machucou-se. Ao contrário do esperado, catou seus cacos. Colou-os em mosaicos, com a percepção da arte e a obstinação dos artesãos. Passou o resto de seus dias feliz. Na arte, sã. E salva.

MÃOS A OBRA

Instalação de cinquenta pequenos espelhos enfileirados em todo o perímetro do espaço expositivo. Nos espelhos, adesivos com os dizeres que se alternam: **aprecie com moderação** ou **deprecie com moderação**. Os visitantes podem retirar da parede o espelho que melhor os refletir. Os espelhos serão repostos pelo artista.

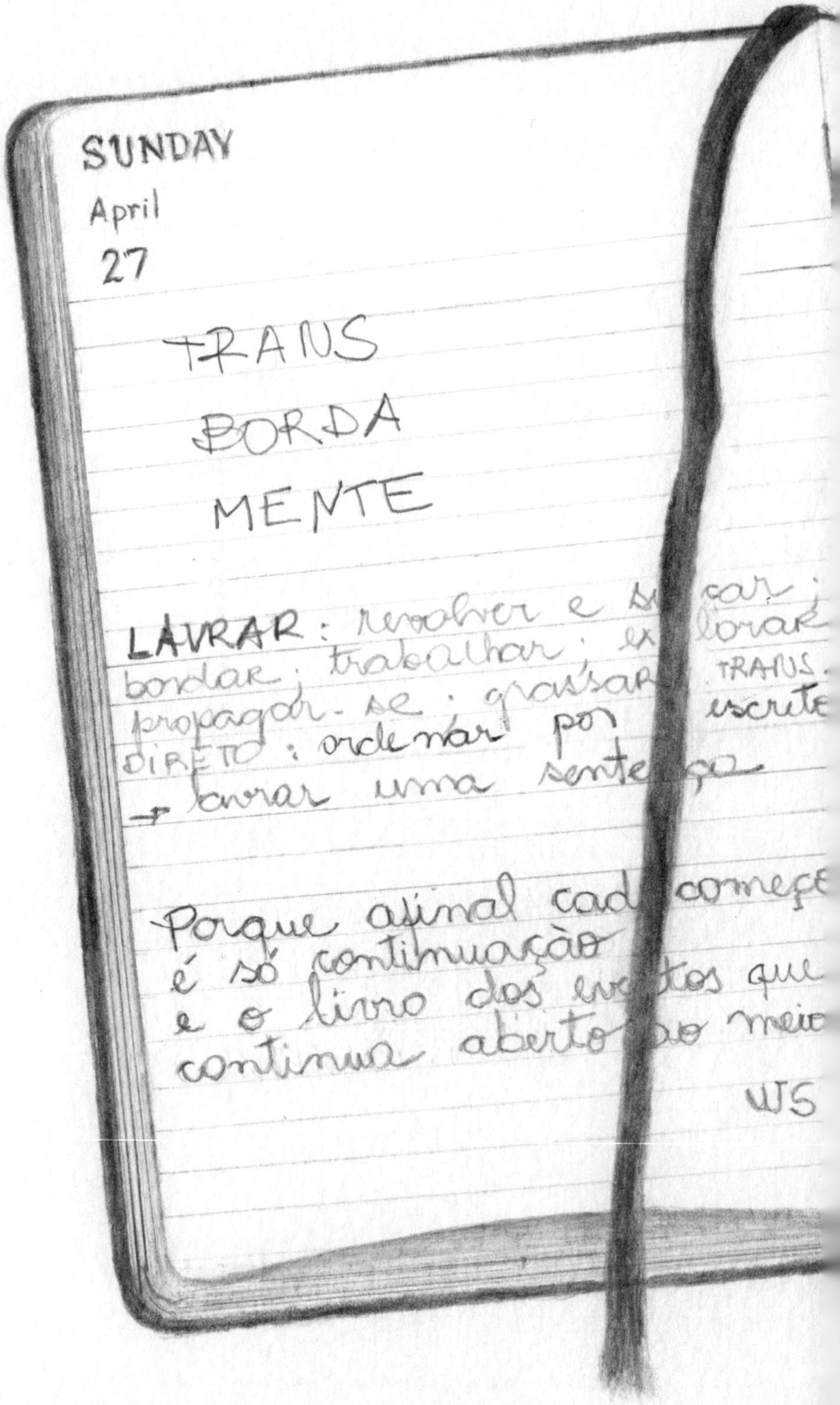
SUNDAY
April
27
TRANS
BORDA
MENTE
LAVRAR: revolver e
bordar; trabalhar;
propagar-se; grassar
DIRETO: ordenar por
→ lavrar uma sente
Porque afinal cad começ
é só continuação
e o livro dos ev tos que
continua aberto ao meio
WS

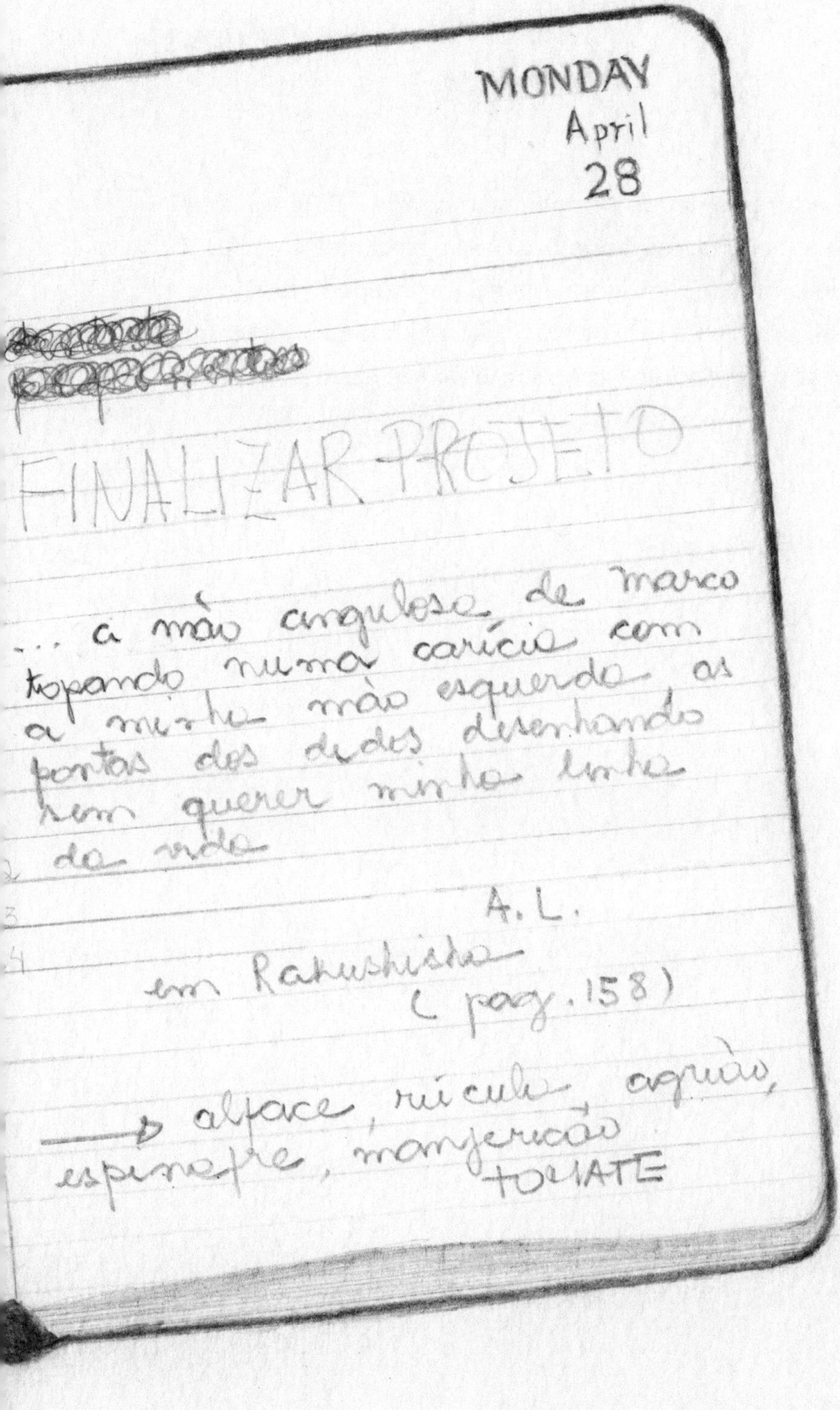
MONDAY
April
28
FINALIZAR PROJETO
... a mão angulosa de marco
topando numa carícia com
a minha mão esquerda as
pontas dos dedos desenhando
sem querer minha linha
da vida
A.L.
em Rakushisha
(pag. 158)
alface, rúcula, agrião,
espinafre, manjericão
TOMATE

INSPIRAR

O torvelinho se acalmava depois de apontar três lápis: B, F, 4H. O estilete esculpindo a madeira, retirando tiras finas, revelando o grafite. O artista antevendo o movimento sobre o papel, buscando a perfeição, a simetria, a ordem. Para então soltar a mão, o ar. Expirar em oito tempos a coragem de errar e incorporar o erro, sulcando seu gesto no verso do papel chinês.

LESTE

Quadro-quadrante, seu Leste: a pintura. De cor em cor, seu pulmão, seu coração. A des-re-construção da imagem, na contramão da história. A obra: sempre inacabada.

ARGÚCIA

Quantas demãos uma pintura demanda? Às vezes, uma. Outras, tantas. Olhos argutos capturam a paisagem na passagem de uma brisa. A cor-armadilha do tempo-espaço. A alma fisga o instante com precisão.

EMPRÉSTIMO

Guardo em caixas ordinárias, cuidadosamente datadas, cadernetas, blocos, papeizinhos com citações que me dão norte, poesia e alguma sabedoria. No fundo de cada uma, há esperança de que um dia, quem sabe, eu possa também contribuir com um só verso, talvez um parágrafo.

A caixa deste ano me ofereceu, em busca noturna, a fala de Ana: *É bom usar palavras emprestadas, nem que seja para lembrar que só temos palavras de segunda mão.*

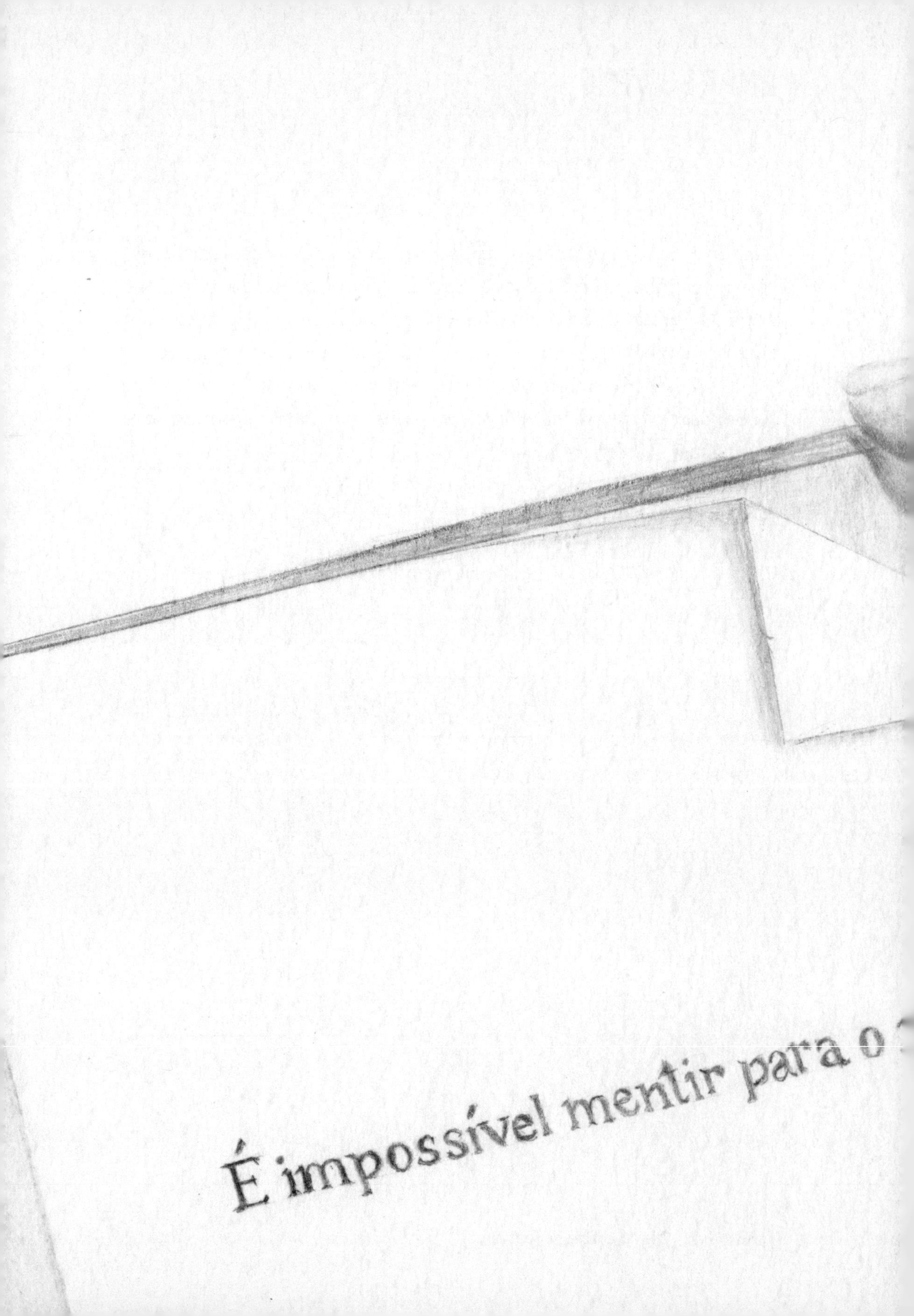
É impossível mentir para o

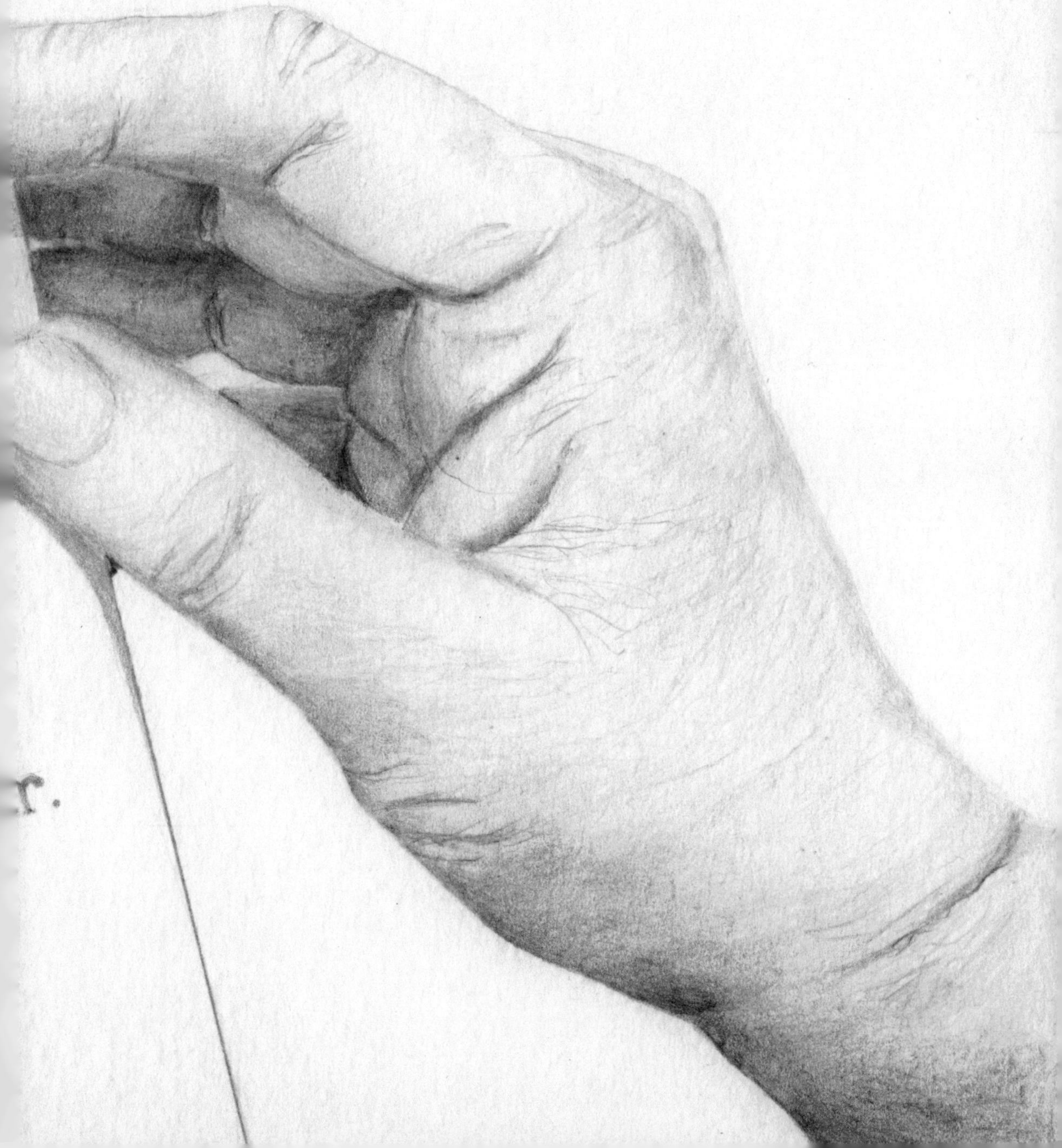

A QUATRO MÃOS

Também tenho duas mãos e o sentimento do mundo. Por isso desenho a vossa mão, que repousa sobre o poema.

AMADORA

Manual de flutuação para amadores. Procurou nas estantes, volume por volume, no ateliê, na casa da mãe, no bar da esquina, no carro. Nada. Foi às livrarias de costume, aos sebos do centro da cidade, nada. Pesquisou internet afora.

Só lhe resta o que guardou na memória: *digamos que deparo com determinada página de biblioteca. Alguém derrubou vinho sobre o livro.*

HIPÓTESE

Realizou, à custa de trabalho vertiginoso, o plano urdido com as linhas e tramas de livros que leu.

Tinha, porém, a suspeita de que *fazer não se encerra em ter feito. Não basta nascer. Ter em mãos a melhor das hipóteses significa: fazer, desfazer, refazer.*

PARA-CHOQUE

Parada no congestionamento há mais de quarenta minutos, repensava o projeto de MÃO em MÃO, que deveria ter entregado à Editora Entrefolhas às 14h. O sonho de uma vida prestes a se realizar. A dívida que tinha consigo, sendo paga. Assustou-se com as buzinas. Arrancou bruscamente e bateu no caminhão à sua frente. No para-choque, em letras pintadas de vermelho, a inscrição: nas mãos de Deus. Entregou-se.

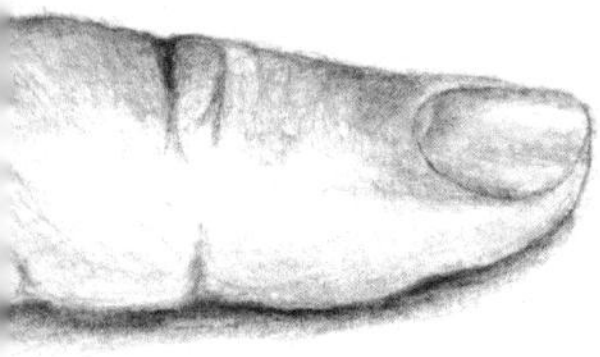

de MÃO

em MÃO

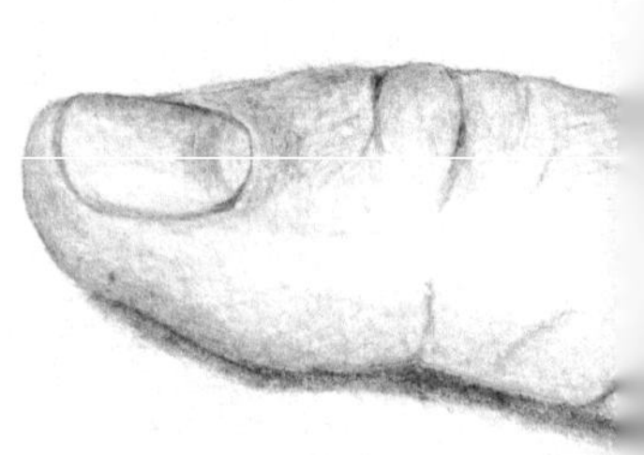

MÃOS POSTAS

A escrita é a minha redenção. A ela entrego os meus pecados, na certeza da absolvição.

MUITO PRAZER

O livro caiu aberto na página 145. Leu, releu pela terceira vez. Entendeu. Destruiu a casa que havia construído sobre a ponte. Atravessou. Daí por diante, seguiu sempre em frente. Com a mão naquilo e aquilo na mão.

MANCHEIA

No manuseio dos livros, na peleja das horas, o artista busca o que nunca perdeu. Custa, mas acaba encontrando. Uma mancheia de ideias.

ERA UMA VEZ

Decidiu recomeçar. Preferiu substituir o era uma vez por é desta vez. Colocou a mão na cumbuca. Com o desenho das cicatrizes, escreveu a sua história.

LEVEZA

A escrita tem, entre vários poderes, o de nos fazer perder peso. Na consciência. Você se transforma de forma tal, que não se reconhece como aquela ali que iniciou o primeiro parágrafo com as mãos atadas.

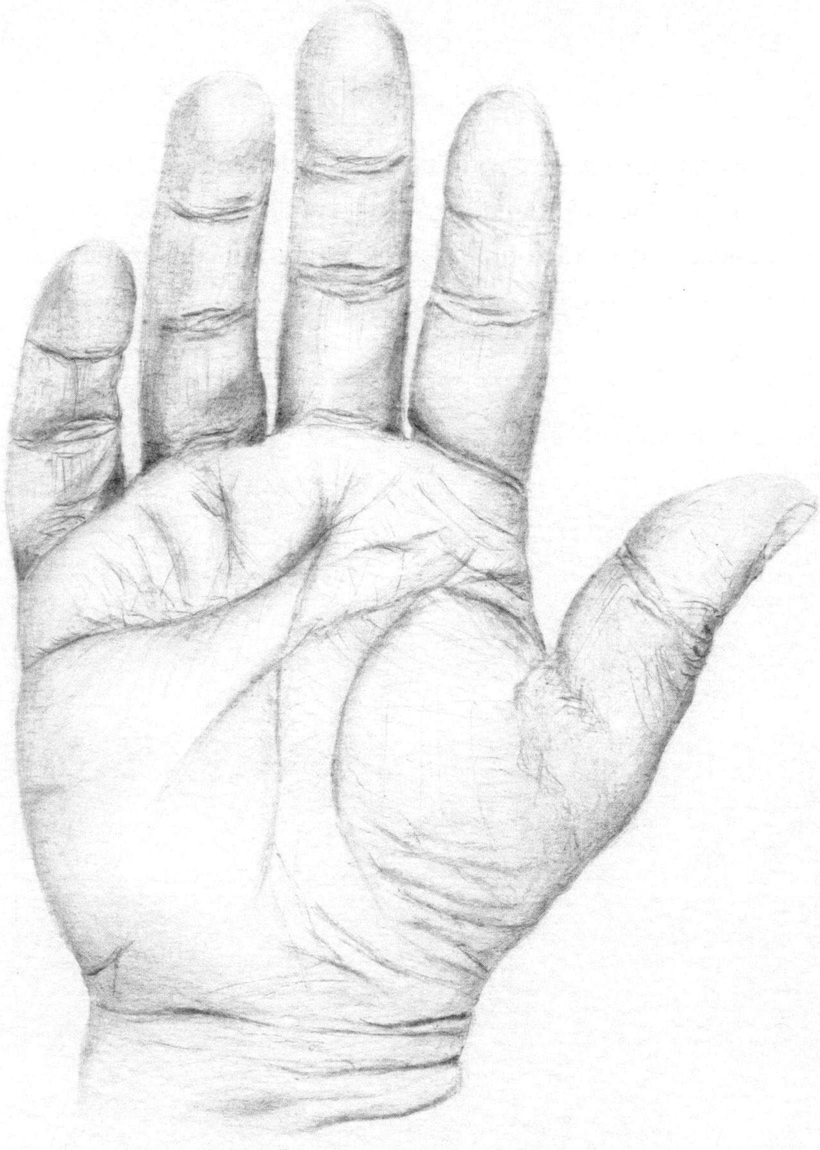

A QUIROMANTE

entrefolhas

IN VINO VERITAS

Ela fala pouco, observa muito e escuta. Quando em vez, duas taças de vinho, e o sangue italiano lhe sobe às mãos. Madame Derrubô entra em cena. No entusiasmo de ouvir a própria voz em seus gestos, deixa sua marca na toalha alvíssima. A mancha vermelha, o tingimento, o aumento do momento — todo o seu sentimento.

LAVADEIRA

Sem saber o que fazer, a patroa colocou sua vida em minhas mãos. Como se minhas mãos calejadas fossem tabuas de salvação. Nos seus olhos vi o opaco dos que padecem de não saber o que fazer. Apertei suas mãos entre as minhas e disse: vou te ensinar o que sei - lavar e passar os lindos vestidos que você usa. Ela abaixou a cabeça, olhou as unhas escarlate, tão bem-feitas.

Respirou fundo ao sentir o cisco de luz atravessando os cílios molhados.

CALO

Alô? Aqui quem fala é a prima do poeta de um poema só. É para avisar que ele não vai trabalhar hoje. Anda manquejando de novo. Sua teimosia fez calos na sola do pé, o joanete inflamou. O médico recomendou: é melhor trocar os pés pelas mãos.

QUIROMANTE

Com olhos de lupa enxergou na mão direita da consulente uma fina, quase mínima linha, transversal à linha do destino. A quiromante revelou o segredo guardado com tanto desvelo. Palavras-chave: letras, desenho, fulgor.

BOA ALUNA

A professora de literatura postou no Facebook: nunca vi ninguém compartilhar algo assim: quero agradecer a todos os professores que fizeram parte da minha formação. Catorze pessoas curtiram, três comentaram, Ana, entre elas: fui sua aluna e sempre quis te dizer isto: muito obrigada por fazer parte da minha vida. Até hoje. A professora delicadamente respondeu: tive sorte de ter tido alunos que se tornaram inesquecíveis! Vocês também fazem parte de minha vida. É mão dupla!

Ana, que tinha certeza de ser esquecível, sorriu.

MANICURE

Por vinte e cinco anos trabalhou no Arte e Estilo. Dez pares de mãos ao dia. Sessenta por semana. Cento e vinte por mês. Quase mil e quatrocentos pares ao ano. Ouviu um sem fim de histórias, aventuras e desventuras amorosas, casos, reclamações, gentilezas, grosserias, bobagens, boas e más palavras – as falas de suas clientes. Como se seus ouvidos fossem um repositório de vidas alheias. Fartou-se. Sufocada com suas próprias palavras, não aguentou mais. Largou o serviço com uma mão na frente, outra atrás.

Hoje tem centenas de ouvidos ao seu dispor. Tornou-se pastora da Igreja Neopentecostal Deus é Amor. Solta a voz no microfone em pregações inspiradas em suas ex-clientes. Canta e encanta os fiéis ouvintes.

EM PRIMEIRA MÃO

Escritor mato-grossense, estreante, leva o primeiro lugar do prêmio Relevos, com o romance **Pantanagens**, publicado pela **Entrefolhas**. Traz o frescor da chuva após estiagem ao cenário literário contemporâneo. Valney de Almeida, 30 anos, é arquiteto. Maneja a escrita com o engenho dos assombros, no fulcro da simplicidade e elegância.

EntRefolhAs

entrefolhas

Entrefolhas

entrefolhas

entrefolhas

ENTREFOLHAS

entrefolhas

DESFECHO

A menina virou moça, encontrou o moço, certa de que um dia ele iria virar príncipe. Ele lhe fez dois lindos filhos. E continuou sapo. A moça virou mulher. Tomou a vida em suas próprias mãos. Antes do nunca, cresceu. Floresceu. Pintou e bordou: nas palavras, o seu desenho.

E a mão na roda conduz o texto ao seu desfecho.

NIETZSCHE-ANA

Amar o presente a ponto de desejar o seu retorno. Amar a vida que tenho, em vez de almejar a que não tenho. Fazer o que, se pertenço a ser rebelde? Não mudei o mundo, mas mudei de endereço, de profissão, de estado civil, de carteira de identidade. Mudei o cabelo, o corpo e o jeito de olhar o mundo. Conservei, no entanto, um livro sempre à mão.

CALIGRAFIA

A mãe copiou as mesmas receitas culinárias, duas vezes, em dois cadernos, para as duas filhas. Não foram as delícias mineiras que a motivaram. Sim, o simples prazer de movimentar as mãos habilidosas, o deslizar da caneta sobre o papel, a caligrafia fluente e bela. Como se estivesse bordando, fazendo tricô ou arranjos de flor.

As filhas guardaram o caderno. A memória da mão da mãe as acompanha dia sim, outro também.

FIOS DE OURO

Com mãos de fada, bordou com fios de ouro as iniciais I. e B. No tecido azul infinito, o amor sem tamanho.

AS HORAS

1h37 da madrugada, ainda é cedo. Voltou a dormir. 3h42, ainda não. 4h45, levantou-se e foi ao quarto do filho. Com o coração na mão, pediu a intercessão dos anjos. 5h50, ouviu o giro da chave na porta de entrada. Dormiu até as 11h29 da manhã de domingo.

DE F PARA M

Quando ela retornou, ele já havia saído. Na poeira do vidro traseiro, ele deixou seu recado: li na linha da mão a minha vida escrita na sua.

O MANEJO DOS DIAS

Eles falam, falam. Eu observo. E escuto na voz alheia os meus ecos. Anoto os discursos e recursos que as pessoas usam para se proteger da loucura. Eu? Bem, eu escrevo e invento que escrevo. Pinto e imagino que pinto. E mais: uma vez por semana vou ao hortifrúti, faço as unhas e vou ao cinema. Duas vezes por semana, faço Pilates e debruço os olhos na janela que emoldura o poente e traz o ar da serra do Curral. Três vezes por semana escuto música, ponho os pés no chão e danço. Quatro vezes por semana perambulo pela cidade. Cinco vezes por semana faço o que não devo e postergo o resto. Seis vezes por semana desarvoro-me em sonhos e devaneios que, bem ou mal, me sustentam. Todos os sete dias da semana amo um artista de olhos azuis.

LIA MARIA DO PORTO

Ela estava à deriva de si. O olhar fixo nas mãos. Observava os dedos, as unhas, o dorso, a palma, as linhas. Cismou ver na linha da vida um norte, uma viagem. Rumou para o sul, de mãos abanando. Ficou três dias em Santa Catarina, de olho na divina providência, que lhe colocou nas mãos uma passagem para Porto Alegre. No ônibus, sentou-se a seu lado um moço falante, de olhos azuis. Tempos depois acrescentou, alegre, ao sobrenome.

AO FRASISTA

Com mãos de ferro você marcou a minha pele. Li a antologia de seus contos de cabo a rabo. Fiquei parada por três dias diante do *Homem sozinho numa estação ferroviária,* admirando suas frases lapidares. Por um bom tempo você me calou. Você me avassalou. Até que conheci João, que me ensinou a me virar com as palavras que tenho à mão.

Só agora posso responder-lhe de modo imperativo o que estava engasgado, impedindo-me de dar voz ao que sei e consigo falar. Senhor Sérgio: basta!

HONRARIA

Precisavam de alguém que digitasse rápido, com uma batida frenética, ágil. Foi assim que emprestei as minhas mãos. O documentário era sobre a vida de Marcilio França Castro, lendário escritor mineiro que arrebatou, em vida, todas as láureas da literatura de língua portuguesa.

LÍRIO-DA-PAZ

Arruda, alecrim, manjericão,
pimenta, dinheiro-em-penca,
espada-de-são-jorge.
Inhaca, urucubaca, ziquizira,
leseira, cafinfa,
olho gordo.

Comigo-ninguém-pode pois,
tenho mão boa.

CADERNO VI: CARO LEITOR

CARO LEITOR

Se você tem comichão na mão, já consultou alopatas e homeopatas, escrever ou desenhar pode ser um santo remédio. Não diga que não sabe. É que você ainda não descobriu o que a cumplicidade do olho e da mão é capaz de fazer. As folhas em branco estão aqui à sua espera. Comece por qualquer lugar, este será o seu princípio. Se você navega ora em textos, ora em imagens, estamos no mesmo barco. Esta é uma boa viagem!

Você me dá a sua palavra? Eu preciso de sua ajuda. O tempo urge. Há desenhos a fazer, aquarelas surgindo e telas na espera. Afazeres que são do meu dever. De ser. Por isso peço-lhe, na esperança de ser bem atendida, que me dê uma mão. Deixo-lhe, em herança, um inventário de mãos. Personagens à procura de um autor passeiam rua afora, cabeça adentro. Para sair do limbo e ganhar vida.

Não se intimide, abra mão da autocensura, do boicote, da preguiça. Sobretudo do medo de errar. A arte habita a seara das incertezas. Incorpore o desvio e seja verdadeiro consigo mesmo.

Lance mão da imaginação, sem eira nem beira. Depois de muito reler, o texto acontece. Lembre-se, ao navegar rumo a ilhas desconhecidas, você se dará a alegria de viver a aventura das descobertas. Ou voltar ao porto de mãos abanando, com a alma honrada por haver pelo menos tentado. É correr o risco. Escrachado ou elegante, rude ou delicado, lacônico ou prolixo, seja sempre claro. Corte sem complacência, palavrórios e palavradas. Articule bem as ideias. Importante: mostre seu texto para quem entende do riscado.

Coragem para o que der e vier! É isso que a vida quer da gente. Envie seu texto para dapropriamao@gmail.com. Quem sabe caminharemos de mãos dadas em futuras histórias.

Pacto selado, com um forte aperto de mãos. Boa sorte,

Mônica Mendes

dapropriamão@gmail.com

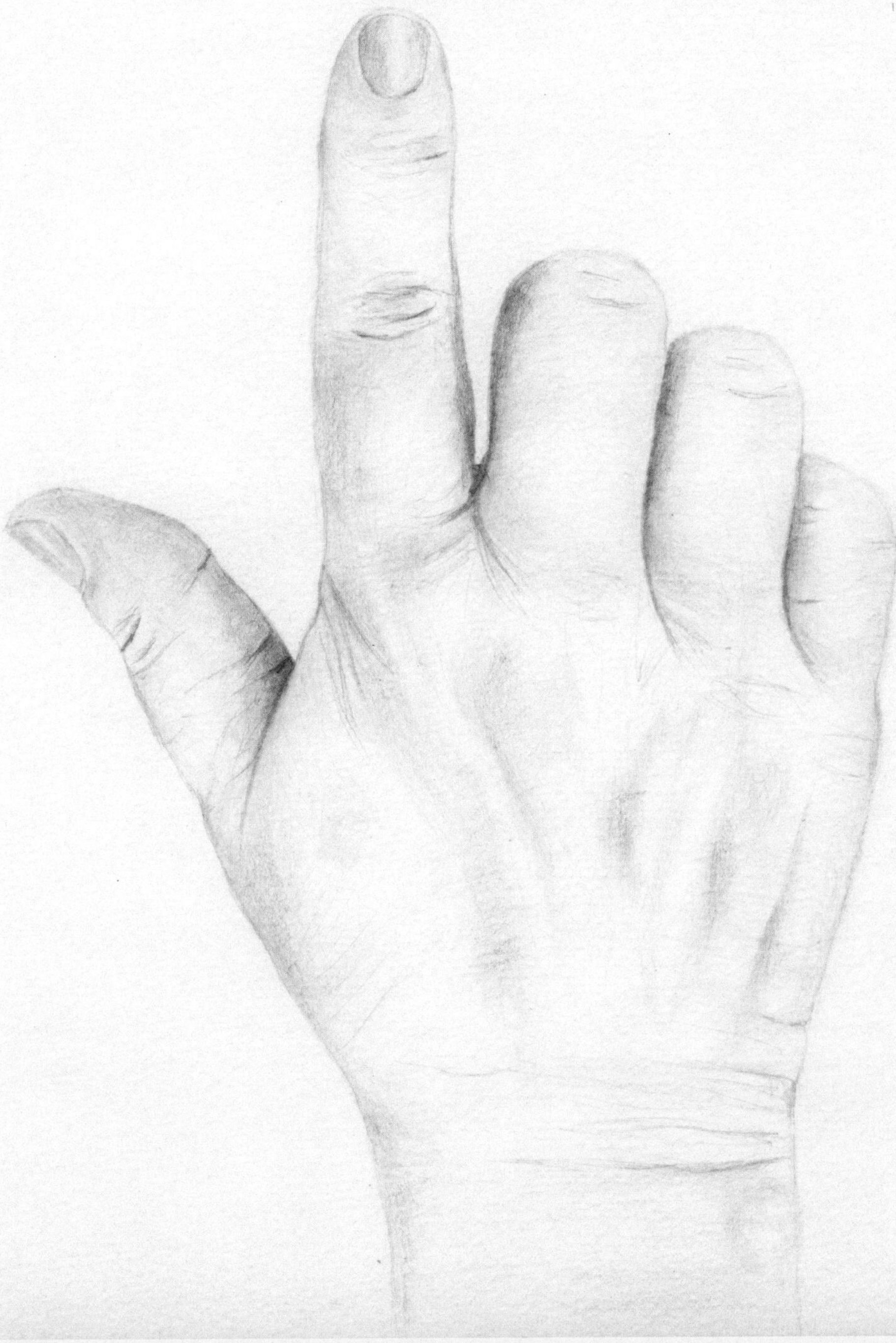

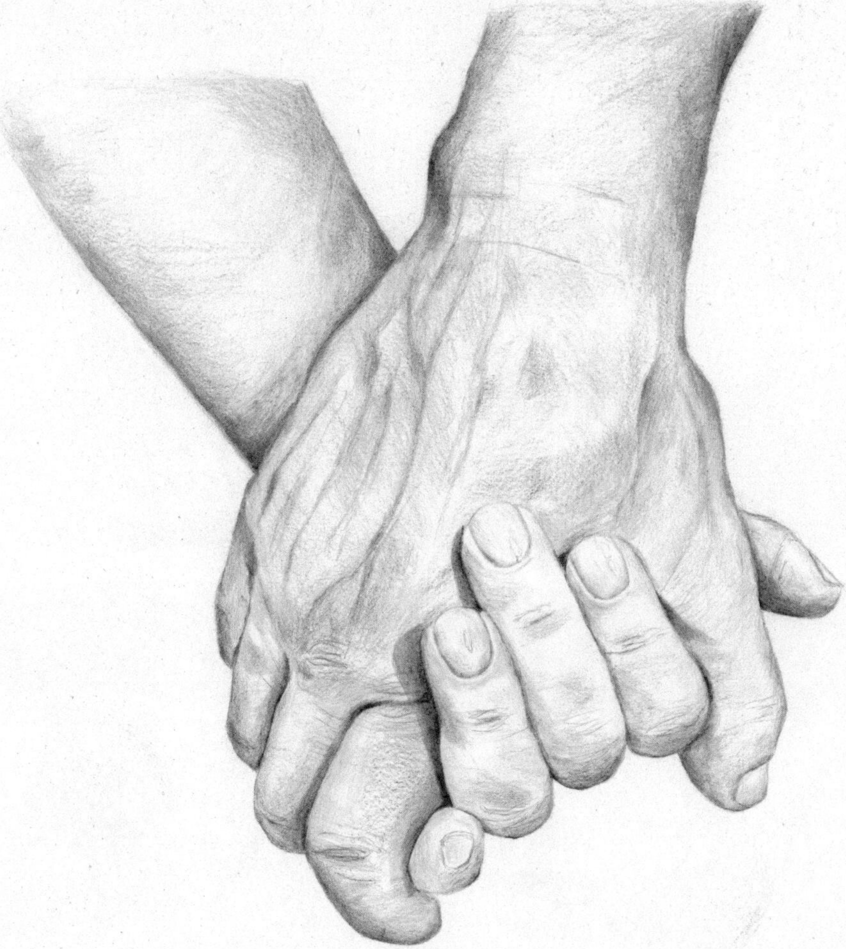

contato

CADERNO VII: O CADERNO

DESENHO: 12 folhas pautadas

EXPERIÊNCIAS

E1: TRA

Na soleira do pensamento: vestígios, restos, rasuras, lembranças. O precário ganhando potência: o poder dos começos. Na expansão da percepção, o provisório, o inacabado, o devir. As possibilidades em aberto deste livro híbrido. Quase catálogo de desenhos que falam do amor ao livro, do desejo da escrita, manuscritos em linhas que compõe a mão em capas fictícias de livros inexistentes. A mão que no percurso da escrita vai se desatando em poemas e ficções. A linha do texto saindo do desenho. A linha do desenho tecido com fios de literatura. Entre uma coisa e outra: experiência TRA.

E2: STEINBERG

O pensamento de Saul Steinberg está entranhado em cada um dos desenhos, grafite sobre papel, que fazem parte deste livro.

O desenho de observação, o olhar para fora, enxergar o que nunca havia visto, um outro universo, ampliou o repertório acostumado ao olhar para dentro, trabalhando com a fantasia e abstrações. Enquanto observo, uso não apenas a imaginação, mas a verdade que os objetos contêm em si. Sujeito e objeto em um diálogo revelador. Surgem novas possibilidades, outros desafios. Você se livra do espelho interior, descobre outras veredas.

E3: PAZ

Me vejo no que vejo
Como entrar por meus olhos
Em um olho mais límpido
Me olha o que eu olho
É minha criação
Isto que vejo
Perceber é conceber
Águas de pensamentos
Sou a criatura do que vejo.

Octavio Paz

MEUS ITÁLICOS

Ai de mim se não fossem as letras italianas para me dar uma mão! Os empréstimos estão por aí nos desenhos, nas folhas e entrefolhas. Nas linhas e entrelinhas. Tomei palavras de:

Guimarães Rosa, Sergio Sant'Anna, Ana Cristina Cesar, Adriana Lisboa, Antônio Cicero, Eucanaã Ferraz, Marcos Siscar, Ana Martins Marques, Julia Panadés, Marcilio França Castro, Ruth Silviano Brandão, Maria Ester Maciel, Arnaldo Antunes, Caetano Veloso, Ernest Hemingway, Wislawa Szymborska, Saul Steinberg, Octavio Paz.

AGRADEÇO:

aos meus melhores amigos: os autores que li, leio, reli, releio. Guardo o que cabe na memória, o que não cabe, no coração;
aos professores de português e literatura que passaram por minha vida, em especial Regina Labruna e Ruth Silviano Brandão;
a Júlia Panadés, que me contaminou com desenhos e poesia, com sua alegria e saber;
a Adriana Lisboa, que me sinalizou o rumo da escrita. Obrigada pela leitura crítica e pela generosidade;
a Pedro Augusto, Claudia Renault e Thais Helt, artistas, professores e amigos queridos;
a Silvoca, para sempre amiga;
a Fernanda Vianna que me ensinou a alegria intra-articular;
a Thais Gontijo pela santa ajuda;
à pequena e linda família, amor e alegria de todos os dias;
à grande família, raiz de tantos afetos;
a Marcelo, por ser o que é: espécie rara de ser tão humano e bom, tão erudito e sábio;

a Chico, amor da minha vida, por tudo.

Imagens e textos de Mônica Mendes

CONSELHO EDITORIAL Alencar Fráguas Perdigão
Cláudia Masini
Luciana Tanure
Thásia de Medeiros
REVISÃO Luciana Tanure e Thásia de Medeiros
PROJETO GRÁFICO Daniella Domingues
DESENHO DE CAPA Mônica Mendes

Nesta obra respeitou-se o novo
Acordo Ortográfico da Língua Portuguesa

CATALOGAÇÃO NA PUBLICAÇÃO (CIP)
BIBLIOTECÁRIA RESPONSÁVEL: Fernanda Gomes de Souza CRB-6/2472

M538 Mendes, Mônica
de Mão em Mão / Mônica Mendes. – Belo Horizonte:
Quixote-Do Editoras Associadas, 2017.
198 p.: com figs.
ISBN: 978-85-66256-16-1

CDD: B869.35

---

1. Contos brasileiros I.Título.

EDITORAS ASSOCIADAS

Quixote-Do Editoras Associadas
www.quixote-do.com.br
(31) 3324 1610
(31) 3227 3077

FONTES Simple e Minion Pro
PAPEL Pólen Bold 90 g/m²
IMPRESSÃO Formato